色川武大という生き方

田畑書店編集部 編

田畑書店

目次

色川武大という生き方

装画　和田誠
装幀　田畑書店デザイン室

たぐい稀なやさしい人

大原富枝

色川武大という人は不思議なひとだった。彼のことを思いだすたびにわたしはいつもそう思わずにはいられない。どこにいてもあんな大きな身体なのにひっそりと静かであった。

小説など全然発表していない若いころから、なぜかわたしのところにちょいちょいと訪ねて来ていた。

ひっそりと静かに話すひとで、自分のことを話すときも、ぼくはファザーコンプレックスなんです。

ぽつりとそう言ったりするだけで多くは語らない。

いったいこのひとは何の用でわたしのところへ、思い出したようにひょっこりと訪ねてくるのだろう、とときどき不思議に思いながらも、詮索することもなしにつきあっていた。そのころ色川さんのくれた名刺の雑誌は大衆的な賑やかな雑誌で、不器用なわたしにはその読者に喜ばれるような小説はとても書けそうもないことがわかっているので、それで不思議で仕方がなかった。

それでも年賀状には、

「今年こそ、必ずあなたのお原稿を取ってみせます」

というような威勢のいいことが一行、書き添えられているのであった。

それでいて、訪ねてくるときは一向に原稿の催促などはしない。じつにおとなしく慎ましやかにいて小説の話や能の話をしたりする。

わたしも若かったので訪ねてくる人が自分から話そうとしないことは、自分から立ち入って訊くようなことはまったくしなかったので、色川さんの家庭のことも身近なことといっさい知らないでいて、何の不安も感じないでいた。

そのころもう色川さんは「阿佐田哲也」というペンネームでマージャン小説を書いたり、鉄火場へ出入りするような生活をしていたのか、と思うと何とも不思議な心地になる。わたしの前では終始、まったくそのような微かな匂いさえ放散しない慎ましやかな青年であった。

中央公論の新人小説に入選した短篇が、そのころの色川さんの面影を大変よく感じさせるものであった。内面生活だけでなり立っている内気な少年の像が、色川さんでなければ書けない世界で生き生きと描かれていた。このときからやっと、わたしのなかにも色川武大という青年像が鮮明さを帯びてきたのであった。

色川武大という不思議な作家の全くの一面だけしかいまもわたしは知っていない。阿佐田哲也という一面を、色川さんは一度もわたしに見せようとはしなかった。それをわたしは彼の意志だと受けとっていたので、敢えて開いて見せようとはしなかった部分を、わたしもまた敢えて覗こうとはいまも思わない。

色川武大という作家にはわたしの知らない顔がいくつかあって、そちらの顔の方で大多忙だったようで、よくいっしょにお能を見たりしていたが、いつのまにかめったに顔を合せることもなくなった。しかし、昔の訪問のときのように、ぽつんぽつんと、やさしさのにじみ出るような短いはがき文や、手紙を送ってくるのであった。

流行作家のようになってからも、大切な一面はきちんと大切に出来る人であった。作品も見事な作品をきちんと書いていた。その方の顔には、他のいくつかの顔や流行作家としての慌しい一面は、毛ぶりも覗いてはいなかった。

「百」という表題を持つ短篇はまったく見事な作品であった。ファザーコンプレックスだ、と自分でよく言っていた、彼の生涯の想いが、老父の上に凝っていて、眼を瞠るような美しい哀しみが流露していた。

色川さんは病気もとても不思議な病気を持っていた。大きな手術もしたりした。全体として決して健康ではなかったはずだが、自分の身体の具合や、都合などより、出来得る限りひとへのサービスをしたのではないだろうか。あんなに心のやさしかった人を、わたしはほかに知らないと思う。

色川武大の早すぎる死を思うとき、彼はあまりにひとを大切にし過ぎて、自分への思いやりが足りなかったのではないか、と思う。

彼はだんだん自分の生涯を一つの顔に絞ってゆこう、と考えていたのではないだろうか。

その作業の準備段階で倒れたのではないかと思う。誰の文章であったか、どこで読んだのであったか、はっきり憶えていなくて大変残念だが、ある人が書いた次のような文章をわたしは記憶している。

「現代は大衆文学と純文学との区別というものが、非常にあいまいになってしまった。大衆文学が純文学よりも一段階下だというような意味でいうのでは決してないが、いかにあいまいになっているとは言え、大衆文学と純文学のちがいというのは、明確にあるのである。そのことを一番明瞭に知っていたのは色川武大であったと思う。彼は死の直前にあたり、はっきりとこれからは純文学（自分の書きたいもの）だけを書いてゆこう、と自覚していたと思う。」

大体はこのような文意であったと思う。おそらく彼の心のうちに近い推察であろう、と思わずにはいられない。

自分よりも他人にこの上なくやさしい心づかいをしつづけた色川武大が、ほんとうにこれから、という年齢で突然に死んでいったことが、この文章を思いだすたび、わたしの胸をしめつける哀しみを誘う。

しかし、仕事の質をいうとき、彼はもっとも上質の端麗な作品を遺している。

他の人間が生涯かかっても遺せなかったような、妖しいほど透明な文学の美を遺していった。

一人の男の生涯として、悔いることのない美しい思い出とやさしさを、友人のすべての胸に遺してゆくという、なまなかな人間には決して出来ない見事な生涯を、彼は生きて、そして逝ったのである。

色川さんのホスピタリティー

長部日出雄

「このなかから、お好きなものを、どうぞ」

色川さんはそういって、厚手の上質な紙でつくったレストランのメニューのようなものを、われわれに渡した。

われわれというのは、死んだ映画監督の浦山桐郎、それに石堂淑朗とぼくで、二つ折りにされた紙を開いて見ると、料理のかわりに、色川さんのビデオ・コレクションのなかでも、とりわけ珍しく、かつこちらの三人がそれぞれに興味を示しそうな映画の題名が、いくつかのジャンルに分けて、丹念に書き並べられていた。

売れっ子であったから、いつも締切りに追われており、またしばしば夜を徹する麻雀や、全国各地へ遠征する競輪などの勝負事とそれにともなうつきあいがあるほかに、たえず睡魔に襲われるナルコレプシーという難病を抱えていた色川さんには、時間がいくらあっても足りなかったはずである。

人を招いてもてなすのに、まるまる一日を割くのも、容易なことではなかったろう。それなのに、前夜も、厖大なコレクションのなかから、いろいろ考えて推し量った三人の好みに合わせて作品を選び出し、この日のためのメニューを作成するのに、おそらく何時間も費やしたのに違いない。

いまのように、ビデオ・ショップが沢山できて、簡単にテープを手に入れられたり、借りられたりする時期では、まだなかった。といって、テレビで放映されたのを録画したのでもなく、コレクションはすべて最低でも一万数千円の商品で、なかにはわざわざ外国から取り寄せた貴重なものも数多くふくまれていた。

死後に夫人の色川孝子さんが書いた『宿六・色川武大』(この本は、もてなしに全身全霊を捧げた色川さんが、人には決して見せなかった後姿と素顔がありありと描かれていて、無類に面白い）には、こう記されている。

――家賃をため、生活費を入れず、原稿料が入れば、映画のヴィデオを買って、買って、買いまくるのです。……

当時は、大変なコレクションだな、と驚嘆はしても、まさかそれほどの犠牲を払ってまで蒐集しているとは気がつかなかったビデオを見せてもらうために、われわれは練馬にあった色川邸に招かれていたのだった。

ご承知の通り、エンターテインメントの原義は「もてなし」だが、これほど金と手間隙をかけたうえに肌理《きめ》の細かい心遣いをした饗応は、そうめったにあるものではない。

三人の意見が一致して、最初にメニューから選び出されたのは、山中貞雄監督の『人情紙風船』であった。じつはその名作を、ぼくはまえに物書きや編集者の人たちと招かれたさい、すでに見ていた。そのときはほかに、希望して一九三三年に作られたフレッド・アステアの『空中レビュー時代』と、戦後間もないころの斎藤寅次郎喜劇も見せてもらった。

所蔵する全作品のリストを見て、このコレクターは本当に映画が好きなんだな、とおもわせ、こちらも共感と嬉しさで頬がゆるむ感じになるのは、映画史に残るA級の傑作、名作はもちろん、評論家やインテリには問題にされず、したがってベストテンなどにも選ばれるはずがなく、見た人の記憶に残るだけで、テレビ放映や再上映の機会がありそうにもないB級C級（この分け方は質にたいする評価や差別を意味するものではない）の映画にいたるまで、きわめて幅広く集められていた点だ。

たとえば戦後の斎藤寅次郎喜劇だが、弘前の新制中学生だったこっちは、見るたびに満員の観客が爆笑をつづけるなかで、ひとりだけ笑えず、どうしてこんなに受けるんだろう……と狐につままれたような気分に陥っていたのが、なぜであったのか、色川コレクションのおかげでもういちど見直すことができて、長年の疑問が解けた。

戦争中に見たエノケン主演の『磯川兵助功名噺』は、スラプスティック風の滑稽譚であったのに、戦後は作風が人情喜劇に変わっていたので、苦労した大人たちは共感して泣いたり笑ったりできても、子供にはわかりにくい面白さであったのだ。いわば他愛のない音楽映画で、A級の作品とはいいにくいであろう『空中レビュー時代』に投じられた知恵と技術と資本の量の凄まじさ、スケールの大きさと洗練された楽しさには、いま見ても感嘆の声を禁じ得ず、舌をまかずにいられないくらい贅沢な見ものだ。

さて、山中貞雄が二十七歳のときに撮って遺作となった『人情紙風船』は、五十年近くまえの映画だが、いまもまったく古さを感じさせない傑作だから、繰り返して見ても面白く、ほかの二人も堪能した面持で、あとは浦山さんのリクエストによって内田吐夢監督の『たそがれ酒場』と、千葉泰樹監督の『生きている画像』を見た。

その間、ナルコレプシーの持病がある色川さんは、ときどき居眠りしながら、合間合間に酒と食事を出して、客のわれわれをもてなしつづける。

戦後間もないころの雰囲気を、濃く漂わせた『たそがれ酒場』『生きている画像』が、貧しい学生時代の思い出にとくに強く残る作品であったらしい浦山さんと同様、こちらもだんだん利いてくる酒の酔いのせいもあって、映画のほかには大した娯楽がなかった当時へ、体ごと魂のタイムトリップをする感覚を味わった。それは色川さんのもてなしがなければ、決して経験する機会がなかったに違いない不思議な夢のような時間であった。

色川さんは、週刊誌や中間小説誌に発表する種類の娯楽作品ばかりでなく、実生活においても、客に最上のエンターテインメントを提供しようと、さまざまに気を遣って、心身を磨り減らしていたのでないだろうか。

映画と酒に浸って陶酔する午後と夜を過ごしたあと、遅く色川邸を辞して乗ったタクシーのなかで、浦山さんはしばらく沈黙を守ってから、唸るようにこう呟いた。

「凄い人だなあ、あのひとは……」

分身の話

種村季弘

犬歯のようなものが凍った空をギザギザに切り裂いている。裂け目から氷山の列があらわれる。どこまでいっても氷山ばかり。やみくもに爪を立てて鉱物質の層を掻き出した、とでもいうかのようだ。緑の気配はまるでなく、画面はかちかちに凍りついている。

餓え、孤独、恐怖。余計なものの一切を殺ぎ落とした画面に、それがむきつけに歯を剥いている。稚拙といってもいい鉛筆画。絵というより、もっと端的に、叫びだ。十字架に釘付けになった叫びが、口を開けたまま凍りついている。

銀座の表通り、といっても身体をななめにして入るような間口の画廊の壁に、その絵は懸かっていた。画廊自体が、仕舞った後の仮設選挙事務所みたいにそこらにさむざむと紙が散らばっている風情、といった記憶がある。一隅にだれもいない椅子が置いてあった。有馬忠士という人の個展会場である。色川さんに声を掛けられて観にいった。

それから何年かして『狂人日記』の雑誌連載がはじまった。第一回を読んで、これはあの人のことだな、と分かった。しかし単行本にまとまったところで読み返してみると、いくぶん印象が違った。かなり手を入れたようである。どこがどう違うのか、雑誌初出と単行本を比較している余裕が今はない。ただ、かいなでの一般論のようなことでいえることがある。

分身の話である。

色川武大は阿佐田哲也の分身だった。阿佐田哲也は色川武大の分身だった。のみならず色川さんの小説の主人公はいつもZweisamkeitを病んでいる、とかねてから私は考えている。Zweisamkeitというのは、Einsamkeit（ひとりでいる孤独）に対してニーチェがいった造語で、「二人でいる孤独」というほどの意味だろうか。色川さんの小説には双生児みたいな兄弟がよく登場する。そうでなくても弟がしきりに出てくる。

カードの手品にそういうのがある。スペードのエースならスペードのエースを表を向けている。しかし一枚裏をめくると、それがハートのエースになったりダイヤのエースになったりする。表の一枚の裏でたえずもうれつな速度でシャッフルしているのである。こちらからは表の一枚しか見えないが、裏にはたえずすり替わっているカードがある。

落語の「二人羽織」がこれに似ている。正面から見るとひとりなのに、動いているのは背中にぴたりと貼りついた見えない分身の手足である。分身はカード一枚の薄さで本体に貼りついて、本体のやる気のない、またはやりたくない動作をする。そのかすかなズレでうしろにいる分身の気配が伝わる。ひとりでいながら二人であり、二人でいるのにひとりに見える。デュシャンの女装ポートレートにもそういうのがあった。

「二人羽織」の正面を向いた噺家は、背中に貼りついた分身の意想外の動きに戸惑いうろたえる。自分が自分の意志を通す本体だとばかり思っていたのに、じつは分身にあやつられる人形だったと知った驚愕である。ほんとうはあいつが本体で、こちらがあいつにあやつられるうすっぺらな分身だったのか。身のこなしがギクシャクしはじめ、果てはドタバタ喜劇になる。

阿佐田哲也の小説では、主人公は博打で身を滅ぼすに決まっている。結末はどのみち破滅だ。悲惨が追いかけてくる。逃げ道はない。それがどこかユーモラスなのは、これも分身にあやつられてやっている他人事という了解がうすうす本人にあって、とどのつまり悲惨なはずの主人公がドタバタ喜劇を異化的に演じてしまうからである。

『狂人日記』の主人公も、ある絵描きがモデルだと察しがついても、それで話が終わったことにはならない。分身がそのモデルをたえず襲撃する。それも分身はひとりではない。四方八方から襲ってくる。裏でカードをものすごい速度でシャッフルしている、といったのはそういう意味である。意想外の分身との関係においてその度に主人公はくるくる面相を変える。やがておびただしい分身がひとりの主人公の背後に影のようにひしめく気配がざわざわと立つ。「二人でいる孤独」というより、これはもう「多数でいる孤独」(Vielsamkeit) というべきかもしれない。

分身がありすぎて収拾がつかなくなる。どの分身に託したらいいか見当がつかない。無数の蓋然性を前にした賭けだ。ふつうならお手上げである。ここで『狂人日記』はいちばん出そうもない目に賭けた。無数の分身が死に向かって転げ落ちてゆく。ちょうど億単位の精子が死に向かって殺到してゆくように。なかのたった一匹だけが愛に賭けた。『狂人日記』にめずらしく女が登場するのはそのための伏線だろう。

『狂人日記』が単行本化されてしばらくしてから新宿の酒場でたまたま色川さんに会った。だれか連れを待っているらしく、ひとりで隅のボックスにつくねんとしておられる。こちらも連れがいたが、しばらく色川さんと『狂人日記』のことを話題にした。例のモデルのことも話に出た。

「あれは死ぬ話じゃなくて、生まれる話なんですね」

というと、色川さんはちょっと照れたような顔をされて、手直しにずいぶん時間がかかったという意味のことをいわれた。そこへ連れがきたので色川さんは腰を上げた。それがお目に掛かった最後になった。

仙台の病院で亡くなられた日の朝、私はそれとは知らずにすぐそばの美術館に呼ばれて、さほど多くない聴衆相手にオットー・ディクスの絵の話をしていた。東北自動車道を家人の車で走り、夜も遅くなって家に帰り着くと、玄関先から火のついたように電話が鳴っているのが聞こえた。受話器を取るとそれが訃報だった。

わからない

田中小実昌

色川武大さんのお父《とう》さんは兵学校をでた海軍士官だった。第一次大戦では駆逐艦でもないちいさな艦《ふね》でドイツ領だった南太平洋のマリアナ諸島にいっている。そして昭和初期の軍縮で退官した。たしか海軍少佐だった。

色川さんは勝負事が好きだときいて、ぼくはすぐ、ははあ海軍だな、とおもった。陸軍とちがい、海軍士官たちはポーカーなどの勝負事をきらったりはしなかった。ニホン海軍はイギリス海軍をお手本にし、イギリスの海軍士官の真似をしたのだろう。また、海軍の作戦には勝負事はおおいに役にたつということを、ぼくはなんどもきいた。

ぼくは広島県のもとの軍港の呉でそだった。小学校でも中学でも、海軍士官の息子はたくさんいた。ぼくの親戚にも海軍士官はいて、そういった人たちから、はなしをきいたのだろう。

ある軍艦がモンテカルロに入港し、艦長がカジノでうんと負けて、その腹いせに、軍艦がモンテカルロを出港するとき、カジノにむかって大砲を一発ぶちかました、ということもきいた。それをぼくにはなした海軍士官はにこにこと自慢話みたいだった。

海軍士官の父親が、うちで息子に勉強をおしえてるのも、なんども見かけた。小学校では数学は算術で、中学にはいってから代数をならったが、小学校の四、五年で、父親から代数をおそわってる同級生もいた。海軍士官たちはたいてい数学がお得意だった。海軍兵学校の入学試験も、まず数学の試験をやり、それでふるいにかけた。

色川武大さんは小学校のときからのおちこぼれで、学校をサボリ、浅草の盛り場をうろついたりしていた、と書いている。だが、うちで父親に勉強をおしえられ、学校にいっても、もう学ぶものはなかった、とも書いている。

軍港町の呉の海軍士官の家庭で、ぼくが見かけたのとおなじことだ。しかも、色川武大さんのお父さんはすでに退官している。そのころは、恩給をもらってる者はアルバイトなんかしないから、ずっとうちにいる。息子に勉強をおしえる時間はたっぷりある。色川さんは、お父さんにかなりきびしくおそわったらしい。そんなふうなので、学校の授業なんかバカらしかったにちがいない。

しかし、色川さんが勝負事が好きだったのは、帝国海軍では賭け事をきらったりはしなかったことに関係はあっても、色川さんみたいにバクチ場に泊りこんだりするのは、お父さんはこまったことだとおもっただろう。

父親と息子というのは親子だから似てるとか影響があるなんてこと以上に、どうしようもなくおなじところがあるものだが、それでいて同一の人物ではなく、ちがった人間だ。

こういうことは、カンタンに言えることではなく、だから小説などで、じっくり書くことになる。そして、色川さんはちゃんと小説に書いた。

色川さんの小説は父親のことをはずせるような小説ではなく、色川さんのお父さんも、はずしてよそにおいておけるような人物ではなかった。どう強烈かは小説ぐらいでしか言いようがないが、たいへんに強烈な人間だったのだろう。

その強烈な人間が、海軍を退官し、ずっとうちにいて、息子にびしびし勉強をおしえている。呉で見た、ぼくの同級生とその父親の海軍士官のことを、ぼくは考えながら、色川さんにしつこく、お父さんのことをたずねた。

そんなにお父さんのことをきいたのは、ぼくぐらいではないか。あのおだやかな色川さんが、当惑したような顔になったのをおもいだす。それに、いま気がついたのだが、ぼくの父親はとっくに死んでたが、そのころは、色川さんのお父さんはお年よりながら生きていて、じゅうぶんに強烈で、色川さんはなんともこたえようがなかったのだろう。

また、自分の父親はこんな男で、とべらべらしゃべったりするようだと、はなしてしまっておしまいで、それをじっくり書いたりはしないものだ。

色川武大さんと知りあったはじめは、新宿の甲州街道のむこうのドヤ街の奥のひどい飲屋あたりだった。ドヤの住人でさえもいかないような、裏路地に立ってる女やヤクザ者しかこない飲屋だ。

ここに一度、川上宗薫をつれていったら、ババッチがって、ついにグラスには手をふれず、なにも口にいれなかった。

じつは、色川さんと川上宗薫は仲がよかった。どちらも、ほんとに小説が好きだったからだろう。川上宗薫は上品なところでないとたのしめない。だから、色川さんは川上宗薫といっしょのときは上品な店にいった。

ぼくは上品な店では、逆におもしろくない。たべるものだって、上品な店の料理はおいしいとおもったことがない。上品な店はきらいだ。

ところが色川武大さんは、新宿のドヤ街の奥みたいな、ひどい飲屋でも平気でニコニコしている。また、川上宗薫といっしょに上品な店にいっても、ゆったりおだやかな顔つきで、べつに苦痛そうではない。こういう人はほんとにめずらしいのではないか。

それに、色川さんは口数がすくなくて、しずかな人だった。ぼくはそうぞうしい酔っぱらいで、しゃべりまくったりする。色川さんはただしずかにほほえんでいるだけで、この人がそばにいると、ぼくはなんども反省した。

ぼくは色川さんのことは、ほかの者なんかよりよくわかってる、とウヌボレていたが、わからないことも、いっぱいある。たとえば、色川さんがだいじにしたらしいバランスというのが、ぼくにはわからない。やさしい、なんでもないことかもしれないが、そういったことが、かえって、なかなかわからない。

ジャズに乗って風になった男

中山あい子

色川武大が阿佐田哲也だと分るまで、ずいぶんの時間があったような気がする。私にとって武大は、初めからブダイであって麻雀のこともなんにも知らなかった。勿論、新宿の酒場での知り合いである。

あい子さん、と声を掛けてくれる優しさに充ちた男だった。時に、店のママが私をおねえと呼ぶのを真似ておねえと云うこともあった。そーんなに腹が出ちゃってどうすんだよと云うと、昔は痩せて、うんといい男だったんだ、と云う。その頃会いたかったな、と私はがっかりして見せた。「麻雀放浪記」が映画になって、あの坊や哲が武大といわれ、しかももっと精悍だったと訊いて一度でいいから見たかったねえ、と云う私の傍でママが、汚なくて臭くて近付けたもんじゃないよ、と笑った。そんな頃は知らないが、それでも彼は会ったのは十五、六年前で、まだまだ四十代前半ではなかったかと思う。何時も親類のオジさんみたいに思っていたが、えらく失礼しちまったものだ。

放っとけば何時までも座ったきり、物も喰べず、酒ばかり飲んで、やがてぶっ倒れるだろうと、心配になる男で、多分、妻になった孝子さんはそこに取り込まれてしまったんだろうと、若い女性の気持ちが分る。

なんたってカレーは幾皿もお代りするし、稲荷ずしは七十箇と伝って来る話は全てこの世のものとは思えないことばかりだった。

そんな男の書く小説がつまらない筈がないわけで、一字一字に武大そのままが活写されて、迫って来る可怪《おか》しさ、哀しさがあって、こう云う時は、こう書くんだァとひたすら感心した。喰って寝てばかりいると思ったら、どんどん本を書く。せっせと送ってくれる。

外国を渡り歩いてバクチしまくって、一体何時書くのよと思った。それより何より、雑誌に出る私の風俗小説なんか見てくれて、電話で、ありゃよかったとか、おかしかったとか云って笑うのだ。よくヒマあるなあ、と優しさに力付けられてもいた。

あの戦争が終った時、彼は中学生、私は二十四で赤ん坊なんか生んじまって、近所の子供らから小母さんと呼ばれていた。

少年の心にしみついたあの当時の風景や人間が鮮やかに描写されるのを読んで、すっかり忘れていた自分の迂闊さとか感性の稀薄さを恥じていた。

焼け跡を放浪した少年の、ひもじさ、孤独。目の前で、でっかい腹かかえて眠りこける現実の武大の前で、私は時々、がくぜん、茫然とすることがあった。

武大が入院して、手術したと知らされてあっと思った。一度も見舞いに行かなかった。

直ぐ近くの半蔵門と訊いても行けない。

あのお腹切ったのかァと私は力が抜けた。

身動き出来ないでベッドにはりついている可哀そうな武大を見るのは厭だった。

見舞いに行ったママから報告を訊くだけで到々行かなかった。

病院を移った、やっと退院した。やれやれと思っている中に彼はふわあっと以前のように夜の街に出て来た。少し痩せて、それ以上肥るなよ、と云っている中にどんどん戻って元の木阿彌。ナルコレプシーもちっとも治らない。話の途中でふっと静かになって、深く眠っている。この人はねえ、と嬉しそうに私の方を見て笑った。

鉄火場の話をしてやったら、急に気持ち悪くなって汗はかく、唸って吐くし、大騒ぎになっちゃったんだよ、と云う。ちがうって、たまたま体調わるかったのよと反論する私を押えて、博打場の札束の話で気持ちわるくなったのだと言い張った。傍にいた人たちは武大の方に味方してみんなが笑った。

紹介してよ、と佐藤愛子さんが、武大に会いたがった。あの時は佐藤さんの仲良しの川上宗薫が元気だったので、彼が御馳走してくれることになった。

物書き四人が会ったところで、別に小説の話をするわけではない。実はくだらない話で大笑いしながら表参道を歩いた。

一体あの晩の風景はなんだったんだろうかと、その後も時々ふわぁっとした気分になるのだ。二人の男は、あの頃、まだ入院なんかしたこともなかったし、しそうにもなかったわけで、ただ愉しそうだった。

宗薫がオレは癌だ、と云う本を出して、入院したことを知って、でも見舞いに行かなかった。行こうとしても面会謝絶で、親友の佐藤さんすら会えないと云うことだった。

彼のお葬式で私は最后のお別れをと云われても棺の中のソークンを見ることが出来なかった。誰かの陰にかくれていた。

色々あって、その後、武大は成城の宗薫のあの家を借りて住むことになった。引越しばかりしていた武大がまた引越したと思うだけだけれど、それが川上宗薫の家と訊いて、私は武大の優しさが嬉しかった。

離婚して、また同じ女性と結婚して、本を書いて、仲々忙しい男だった。彼はよく色んな話をしてくれた。百になりそうなお父さんの話もした。百まで生きると都で百万円呉れるんだぜと云った。爺さんはそれを孫にやるって約束したそうだ。それなのに、九十九で亡くなった。百万貰いそこなった。

彼はこれを「百」と云う小説にした。

麻雀の分らない私は、麻雀小説は読んでいない。それを知っていて、贈ってくれるのは全て色川武大で、阿佐田哲也ではなかった。

麻雀分らなくたって凄く面白いよ、と他の人たちは云う。でも彼が呉れなかったんだから、本人が読ます気がなかったんだと思う。

昔はいっぱいチャンバラ書いてたんだよとも云った。昔と云えば二十代からだろうか。

何しろさっぱり分らない人だった。

「狂人日記」を読んで多分、人は泣かないだろうと思うような、ぽつんとしたセンテンスで私は、しみじみした気分になった。

読んでるよ、と云うだけで、とても下手な感想など云えない私を見て、そうかい、と云うだけの武大の一寸照れている目がとても好きだった。これから、ああ云うものばかり書いてゆくんだろうナと思って、とても頼もしい気分になった。

田舎へ引っ込むと云う噂が流れ、いよいよ本気でガンガン書く気になったのかァなんて思った。体調もいいんだろう。

呑気に考えている中に、彼の状況はぐんぐん変っていたのだ。ああだった、こうだったと、全て、後からの話である。

考えてみると、ここ五六年の間に実に色々と知り合いばかりが死んだ。

武大まで逝ってしまうなんて、急変した容態の話を訊いても傍にいて見ているわけではないから仲々信じられない。冷えたトマトをもう一切れ欲しいなんて、きっと熱があったんだ。口の中が乾いていたんだ。

焼跡を流れる米軍のラジオ。あの頃、東京の町にジャズがよく似合っていた。鮮やかなスカーフを風になびかせて、ジープで走り去る女たち。放浪の少年の耳にはりついてしまったジャズ。武大はジャズ狂でもあった。

アメリカから呼んだ古い芸人の会なんかに連れて行って呉れた。最后のベッドを見たわけでもないから、私はまだ彼が死んだ実感がない。一年も会わないことだってあったし。

千日谷の葬儀場で、お棺があの金ぴかの車の中に押し込まれて行ってしまっても、全く私は夢を見ているようで、よく分らなかったけれど、ふと、耳のそばで、あーあ、逝っちゃった。と誰かが云った時にはっとした。

あの坂を上りながら、ジャズで送りたかったと思った。武大はジャズに乗って、けっこう気楽に天国へ行ったのだ。

そして風になって、何気なく、すーっと私の顔を撫でてくれるかも知れない。

風の日は散歩をしよう。

麻雀小説誕生の頃

柳橋史

「阿佐田哲也」と色川さんが書いたのは、本当に徹夜明けの朝帰りの日だった。荻窪の藤原審爾さん宅から戻ってきたばかりで、阿佐ヶ谷からの連想もあったのかもしれない。昭和四十三年九月初旬、矢来町の古い机の上である。はじめて麻雀小説を書くにあたって、題名こそ「実録雀豪列伝」と決まり、週刊大衆十月三日号の表紙に印刷手配をしていたが、筆名だけがどうしても決まらず、この日が締切りぎりぎりの朝であった。一字一字、大きな字で書いていたのを今でも思い出せる。

色川さんと麻雀の結び付きを知ったのは、昭和三十一年秋か翌年春のことで、ある日、出来たばかりの娯楽誌を手にとっていて、そこに小説ふうの麻雀読み物があるのに新鮮な驚きを覚えたからだった。それが「色さん」と呼ばれる人が書いたとわかる頃には、もう親しく喋るようになっていたと思う。色川さんは決して社の玄関から入らず、いつも露地に面した窓から、浴衣を端折り、下駄をにゆっと突き出して跨いで入ってくるのだが、その窓際の席にいたのが僕だったからである。可愛がってくれた先輩編集者と色川さんが仲よく、自然に三人でつるんで歩くことが多くなって、麻雀、競輪、玉突きほか、実にいろいろなギャンブルをやり、またどういう体質なのか遊び終わったあとも別れがたく、お茶、酒、お茶と最低で深夜が普通になった。

色川さんは当時「井上志摩夫」を名乗り、主として時代小説を娯楽誌に書いていた。もちろん軽いタッチの現代小説もあって、意外に器用なんだなと思ったりしたが、力を入れた小説は主題の重いものが多かったという記憶のほうが強い。のちに自ら百本ぐらい書いたと言っていたがそんなにあるはずはなく、遊びのうえに遅筆で、寡作だったというべきだろう。だから僕が病気で月刊へ戻った頃は、品川や渋谷の印刷所でよく一緒に徹夜をした。夜半に酒を呑みに出掛け、帰って僕が寝てしまってから書くのだ。

井上志摩夫が突然消えるのと、僕が週刊へ戻るのは、ほぼ同時期である。何ヵ月か顔を合わせない日が続き、ある夜、亡くなった中央公論の塙嘉彦と共通の友人の上野のバーで飲んでいて、新人賞（昭和三十六年）に色川武大という人が決まったという話になり、その場で祝電を打ったのをいまこれを書いていて思い出した。不思議な記憶の欠落もあるものである。

色川さんと再びよくつるむようになるのは、昭和四十年頃からだろうか。その年の秋に僕が大宮競輪場で三千円余の的中車券を紛失、それを色川さんが慰めて麻雀小説を書くという阿佐田名のエッセイがあるが、事実はその通りでも、小説はそれから三年後のことになる。最初は週刊大衆のマージャン講座という囲み記事で、それが回を重ねるにつれイカサマ師たちの原型が描かれだしてから面白味が凄まじくなっていった。そうして次が「麻雀は点棒のやりとりではなく運のやりとり」とする、いまの「Aクラス麻雀」が連載スタート、同時に麻雀小説の企画をたてた。「ハスラー」を観て玉突きで二時間もつのに麻雀で出来ないわけがないと考えたからだが、最初に出会った麻雀読み物が記憶にあったことは間違いない。一人五週連載という企画で、佐野洋「欲情する牌」、寺内大吉「毛沢東のテンパイ」、藤原審爾「麻雀で天国へ行こう」と続いた。

第四弾は山田風太郎氏と近藤啓太郎氏にお願いしていた。しかし山田さんからは、一摸一打を描こうとしたらしく「二日で五枚も書けない、これでは無理」と葉書を戴き、近藤さんのほうは翌年の連載が先に決定してしまった。頼みは色川さんだけである。麻雀小説の灯を消すな、ピンチヒッターでも気持ちはエース登場だ、囲み記事のサマ師の姿を残しておくべきだろうなどと、もう滅茶苦茶いった。そうして決まったのが「実録雀豪列伝」であり、朝だ徹夜と名前もできて第一回が「天和の職人」だった。

一回を十八枚読み切りにしたのもよかったのだろうか、第三回の「ブウ大九郎」の頃にはお茶の水の学生街など完売店が目立ちだしたのである。結局は九話で終了したが、その頃には「麻雀放浪記」という題名は勝手に決めて、翌年からの連載を強引にお願いしていた。

その四十三年の十二月、二人だけで「どぜう」を食べようと深川へ出掛けた日のことは忘れられない。まず不動尊へ寄って新連載となる「麻雀放浪記」と阿佐田哲也という新人のためにと引いた御神籤が大凶、気分がよくないとばかりに隣の八幡さまへ行くと今度は凶であった。お互い苦笑しあったあと、目で問いかけて僕に色川さんが「浅草がある」。

すぐさまタクシーを拾いましたねえ。車中で「こうなったらとことん行くから」などと笑い合ったが、浅草寺ではめでたく大吉。一人二合しか飲ませない松風で憩んでから、暮れなずむ吾妻橋の上で、東武電車の灯が隅田川に映るのをみながらとりとめなく喋ったのであった。

「麻雀放浪記」は爆発的な人気となり、阿佐田哲也の名前は知れ渡った。色川さんは勢いに流されてみようと腹をくくったらしかったが、屈折したのは僕のほうである。色川さんの同人誌の仲間が「色川武大は認めるが阿佐田某は認めない」と言っていることなどをよく耳にしたからで、文学から色川さんを奪った罪の意識のような気分にいつも責められていたからだった。色川さんも文芸誌の編集者にバーなどで会うと、面映ゆそうにしたり照れてしまったものである。

そういう日々によく聞かされたのが、当時は河出にいた寺田博さんと新潮の坂本忠雄さんの名前だった。なかでも寺田さんとは新宿で二度ほどみかけ、色川さんが紹介しようとしたのを僕が嫌がった記憶がある。色川さんの四十歳当時で僕も若かったのだろう。その後、ペン一本で生きるために阿佐田哲也は回り道ではなかったと実感するようになって屈折は消えたが、思いだけはいつまでも残り、機会は多かったのに寺田さんと挨拶するのは、なんと葬儀のあと、親しく話せたのは偲ぶ会のときと二十年を経てからなのである。

今頃こんなことを言って吹っ切っているのを色川さんは笑っているだろうが、数々の受賞にかかわらず早く亡くなったこと、そして変な屈折など、どうもあのときの御神籤通りのような気がしてならない。

大きな親友　阿佐田哲也

畑正憲

親しくなってからの数年間、私たちは頻繁に会った。妙なもので、阿佐田さんが電話をかけてくる日は、私の仕事が一段落しており、やりくりすれば卓を囲むことが出来た。当時私はそのことを不思議に思っていて、予定表をのぞきこまれている気がしたものだが、今冷静に振り返ると、お互いにドロドロになるまで遊び、それから仕事をし、区切りをつけては会っていたのだから、タイミングが合って当然だと言えよう。

ことギャンブルにかけては、彼は大人《タイジン》であった。つかみどころのない、スケールの大きさがあった。たとえば彼と麻雀をして勝ち、現金を得たとしても、別れる頃には負けた感覚が体に残った。

阿佐田さんはしばしば〝溶ける〟という表現を用いたが、負け続け、大敗して肉体さえ溶かしこんでしまうような状態を彼は好んでいるかのように思える時もあった。

勝負事を続けていくには、規律があったり、小市民的なバランスが必要なものだが、彼はそれを峻拒していた。

いつだったか、中山競馬場で、私が十二連勝したことがあった。珍しく、勘が的中し、買えばその馬が来た。高配当がついた難しいゾロ目も一万円持っていた。

その夜、阿佐田さんに会い、完勝しましたと告げると、

「どのくらいの重さになりました？」

と、真剣な目つきで訊き返してきた。もちろん、札束の重さである。私が、重さは計っていないが、厚さだったら、十五センチぐらいだと言うと、

「それだけツイて……」

と、彼は絶句してしまった。そして、めったに見せないよく光る目で、長い

間、私をにらみつけていた。私は沈黙に耐られず、自分の場合は、オッズとか配当にとらわれると勝てなくなるので、一穴、十万円までしか買わないのだとぶつぶつ説明した。彼は、十二連勝という異常な運気に乗っていたのに、リュックサックに数杯という勝ち方が出来なかった私を、不思議な生物でも見る目で眺めていたのだった。その日、私たちは、気まずい別れ方をした。

彼からは何度か、本職が開いている鉄火場に誘われた。私は口ごもり、その内、と即答を避けた。

忘れもしないグリーングラスが来た菊花賞で、私は大穴を当てたが、阿佐田さんは、現金でふくれ上っている私の内ポケットを見て、

「行きましょうよ。それは予定していたものじゃないし、無くなっても惜しくないアブクなんだから」

と、鉄火場へ行きたがった。しかし私は、市民のワクを踏み越えることは出来なかった。

彼と私とでは、人間の質が違っていた。違っていたから一時期親しくしておれたのだろう。同じ職業の男と、週のうち二度も三度も会うという付合いをし

たのは、彼が初めてで終りである。

そういう歳月が五年ほど流れたある日、いつものように夜を明し、電灯の光が白くなった頃、阿佐田さんは牌を右手に持ったまま、こんこんと睡りこんだ。顔に血の色はなく、皮膚はざらっと荒れていて、生きている人間のものではなかった。残りの誰かが名を呼んで起しかけるのを私は手で制し、石と化し、眺め続けていた。

正直、殺してしまったかと、喉の奥が乾いた。私たちの世代は激しい時代を生きたので死体はたくさん見ているが、その時の阿佐田さんは、死体以上に死人だった。

長い沈黙の後で、彼の顔に生気が甦ってきた。と、彼は両手をひらひらさせて、踊りに似た仕草を始めた。私を含めた三人は爆笑した。

「色さんが新しい芸を身につけたぞ」

と言うものもいた。私たちが笑ったのは、死んだのじゃないかとおそれていた人物が、突然動き始めたからだった。死の呪縛から解き放された爆笑は、ヒステリックに乾いていた。

常日頃、阿佐田さんは、麻雀はそれほど馬鹿にしたものでないと言っていた。その点で私も同感だったが、死にかけてまで牌を持っている姿を見て私は妙に感動してしまった。

誘ったら彼は、私の常宿までついてきてくれた。朝食をとり、しかし別れ難く、彼は私の部屋で仮眠をとった。

目醒めてから文学の話になった。私は憑かれたように言葉を並べ、彼はときどき、煙草のヤニで黄色く染った歯を恥かしそうに見せ、次なる転身についても短く語った。けれども、二人の間には、姿は見えないけれども冷い皮膚の死神が立っていた。私は胃癌を切り取り、そろそろ再発してもおかしくない時期であった。阿佐田さんは、ナルコレプシーというふれこみだったが、苛酷な生活で体をいじめ尽していて、体の中に死に至る爆弾を抱えているのは間違いがなかった。

生きている間に、果して、望んでいるものを産み得るだろうかという想いがあり、私たちは切なくなり、

「このまま帰れませんなあ」

「あと二四、集合をかけますか」

と、電話をかけまくり、また卓を囲んでしまった。

それからしかし、私は阿佐田さんの誘いを断るようになった。私は彼の残された生を、麻雀でもぎとりたくなかった。新聞や雑誌の対局ならば、二、三時間で終るから、彼の格闘に似た全身疲労との闘いを見ないで済むからだった。

ナルコレプシーという彼が好んで使った病名を、私は信じていなかったし、今でも違うと思っている。彼の体はどの時期からか壊れていて、正常に機能していなかった。彼は軽い失神を繰返しつつ、麻雀に執着していた。あれは最も分かりやすい生への執着だった。

彼と最も親しい、放浪記を書く際、つきっきりだという編集者に、私は脅迫まがいの口調で言説かれたことがある。阿佐田さんの伝記を書いて下さい、彼が生きている内にと。

私たちは三人で会った。

阿佐田さんは言った。

「伝記を書かれたら私は死にます」

「死なれたら困るので書きません」

それで、笑い話になってしまったが、私は阿佐田さんは、批判や批評には耐えられなかったと信じている。彼は悪評や面罵に耐えられず、自分もそれを知っていて、せっせと尽しているようなところがあった。人との関係に於て特にそうで、ま、いろいろと記したいけれども、これ以上死なれると困るので、この辺りでペンをおきたいと思う。

麻雀新選組のこと

福地泡介

もう二十年ほど前、ある週刊誌の編集者氏が、突然我が家にやってきた。

「これ、どうぞ。阿佐田さんからです」

と、一通の封書を差し出した。麻雀の挑戦状だった。

果たし状

正々堂々と一戦交えたく候
当方は介添人として小島武夫氏を同道する所存

貴殿もどなたか同道されたし
期日、場所などにつきましては、追って御通知申し上げ候
なお、この一戦にて破れたる者、以後、如何なる場合にても、
その勝者の弟子を名乗ること約束されたく候

麻雀新選組局長・阿佐田哲也

麻雀鞍馬天狗・福地泡介殿

巻き紙に毛筆でこう認《したた》められてあった。

えらいことになったと思った。ゼニカネですむ勝負ならいい。ところがもし負けたら、弟子を名乗ることになる。例えば、漫画をかいても、その署名が「阿佐田哲也の弟子・福地泡介」となってしまう。これは大変だ!

しかし、この果たし合い、断るわけにはいかない理由があった。

阿佐田さんが、当時、麻雀界屈指の強者たちを集めて「麻雀新選組」を旗揚げした。その顔ぶれは小島武夫、古川凱章といった名立たるメンバーだった。

それを伝え聞いて、
フン、しゃらくせぇ、そっちが新選組なら、それじゃあこっちは鞍馬天狗だ。

「新選組をやっつけるのは、この鞍馬天狗なり〜」

と、名乗りを上げ、そのことを週刊誌に書き、エヘン、エヘンと威張ったのだ。

だから、そうやって威張った手前、受けて立たねばならなかった。

しかも、この一戦、誌上対決だという。公開の果たし合い。そうなると、約束はどうしても果たさないと。

阿佐田さんが近藤勇、そして介添人の小島さんはさしずめ土方歳三といったところ。

こっちの助っ人は誰にするか。鞍馬天狗の相棒といえば杉作だが、この杉作役で勝負が決まるかもしれない。

吉行淳之介さんに頼もうかと思ったが、ずいぶん老けた杉作になってしまう。

実はそういうわけで、杉作役に困っているんだ、とある席で言ったら、

「面白そうじゃないか。おれがやってやるよ、おれが」

と言ってくれたのが、当時まだ麻雀ビギナーだった園山俊二さん。点数を数

えることもできず、手役もまだよく分かっていない。そのうえチョンボもよくやる。ジョーダンはやめてほしいと思った。

ところが、「いいからいいから、おれがやるってば」と言い張るし、早稲田の漫研の先輩でもあるので、むげに断るわけにはいかなくなってしまったのだ。

なにしろこっちがリャン、ウー、パーとスジを教えたら、「258か、よし分かった」と言っていたのが、いつの間にか「246」に間違ってしまって覚え込んでいた人なのだから。いつも車で国道246を通っていたせいらしい。

そして、いよいよ当日。

編集部で用意した料理屋での一室。担当者やカメラマンをはじめギャラリー多数。

張り詰めた空気。「よーし、やるぞぉ」と杉作だけがバカみたいに明るい。

半チャン二回。サイコロが振られてついに試合開始。

ツモったり、ツモられたり。

四万が横になってリーチがかけられても、杉作はイッパツで堂々と六万を通していく。

「246」なのだ。しかし、この訳の分からない打ち方がうまく効を奏し、新選組を苦しめ、終わってみたら、まるで絵にかいたようなドロー。黒棒の差もなかった。

これでお互い弟子を名乗る必要はなくなった。ホッとした。

いやホッとしたのは本当はぼくのほうだけだったのかもしれない。

阿佐田さんはあるいは、どっちも負けないようにコントロールしながら打ってくれたのかもしれない、と今になって思う。

それにしても、この一戦はいつまで忘れられない思い出である。阿佐田さんを懐しむとき、いつもこの日のことを思い出す。

そのほか、阿佐田さんは「カドカドにマンガンあり」とか「早いリーチはイースーソー」「南カンに上がり目なし」「タンキは西で待て」など、どうしてこんなことを言うのか、を教わったり、ちょっとしたツミコミのレクチャーを受けたり。

楽しかった。

訃報を聞いたときも、ぼくは雀荘にいた。

あの時代

山田洋次

色川さんは、ぼくよりいくつか年上ではあるが、まあほとんど同じ世代といっていい。

それなのに、この人が映画について書いたもの、あるいは映画に触れた随筆を読むと、ひとまわりもふたまわりも年上としか思えない。

戦前の軍国主義教育の時代、鬼畜米英、聖戦完遂、撃ちてしやまん、贅沢は敵だ、のあの狂気の時代に、小学生だったこの人は週平均五本、一年で二百五十本もの映画を見ていたというのだからものすごい。

いや映画だけではない、芝居、寄席、野球から相撲から、軽演劇、レビュー、そしてジャズ、ありとあらゆる興業街の娯楽を、色川少年はなめるように味わい、その恐るべき記憶装置の中にインプットしていたということは、ただただ呆れるしかない。
　母親にも小学校の先生にも〝呆れた子だ〟とあいそをつかされていたこの天才少年は、心ひそかに、その〝呆れた〟を売り物にして人気者になっていた「あきれたぼういず」を見たいな、と思いながら、学校をサボッては一人で原っぱ（あの頃の東京には〝原っぱ〟という楽しい場所があったんだ）にしゃがんでいた。その向いの人通りの少い正午《ヒル》さがりの道を、夫婦者らしい中年のチンドン屋が、クラリネットと打楽器を演奏しながら行ったり来たりしていた。

〽――パピプペ　パピプペ
パピプペポ
ウチィの女房にゃヒゲがあるゥ

誰も見ていないのに、面白くおかしく踊り狂いながら、いつまでも行きつ戻りつしていた、という『唄えば天国ジャズソング』の中の描写は、まるでフェリーニの映画を見るように、ぼくの脳裏に映像として焼きついている。フェリーニの映画にくり返し登場する楽器を演奏するピエロたちは、同じようによく登場するあの大きなオッパイをした巨大な女と同様に、彼の幼児期に見た、そのままの光景に違いないが、色川少年の見たチンドン屋の夫婦の踊り狂う哀しい姿も、もしかしたら色川さんにとっての重要な原風景のひとつなのかもしれない。

〽パピプペ　パピプペ
パピプペポ

そのメロディならぼくもよく知っている。こうして書いていると自然に口をついて出てくるほどである。小学校の行き帰り、ひとりきりになった時など、ひょっとしたらぼくも口ずさんだりしたことがあるのかもしれない。
何しろこのての歌は、表立って唄うことは禁じられていた。禁止、と学校の先生や親に云われていたわけではない。太平洋戦争が始まると同時に、英米の文化はすべて、映画であれ音楽であれ、公けに演奏上映することは禁止になってしまったが、それまでは法的に規制されていたわけではない。ただ、そのようなふざけた、放縦で怠惰で、勤労意欲、戦闘的気迫を損うような文化は好ましくない、という気分のようなものが重苦しく国民にのしかかっていた時代だった。もちろん実際にはその背後で、政府が大がかりな世論操作をしていたのだが。

満州に暮していたぼくの家には、機械好きな父親が手に入れた、手廻しではない、モーターでターンテーブルを廻す大型の蓄音機があった。

背革の重々しいレコードケースには、もっぱらベートーベン、ブラームス、ショパンなどがつまっていたが、その端の方に、多分親戚の学生などが聞かせてくれと持って来たのだろう、「私の青空」「ハッチャチャ」などのアメリカ物や、

〽天から降ってきた巻タバコー

という訳のわからない歌詩の徳山璉の「ルンペン節」というレコードが数枚収まっていて、両親の留守時に兄貴と二人で、まるで悪事をおかすような気分で聞いたものだ。

確かその中に、中野忠晴の「チャイナ・タンゴ」もあった。

色川さんの表現を借りれば、あれは実にどうも結構で、唄に酔ったような気分になったものだった。夢の中で屁をひったような、だらしない歌詩なのだが、見よ東海の空明けてェー、だの、金鵄輝く日本のォ、だのという軍国歌謡の時代に、

〽チャイナタンゴ、ユメノヨールルー、

と歌うと、身体中の力が抜けて、ひどく楽になって、もうどうでもいいや、とふざけたくなるような、自由というかのびやかというか、なんとも楽しい気分になったことは、よく憶えている。

しかし、ぼくの快楽の遂求はその程度、それどまりである。浅草の興業街な

どは想像も及ばない、植民地の満州だったから、見ることのできる映画といえば、学校で団体観賞する「燃ゆる大空」「西住戦車長伝」であり、リーフェンシュタールのベルリン・オリムピック記録映画「民族の祭典」だった。

戦争というものが、帝国主義というものが、ぼくの育ち盛りに必要だった精神文化を、どれほど奪い去ったか、ということを、色川さんの随筆を読んでいると、つくづく口惜しく思い返されてならない。

戦後、内地へ引揚げ、山口県の田舎町で暫く暮したあと、東京に出てアルバイトをしながら食うや食わずの寮生生活を過すことになるのだが、イタリアのネオ・リアリズムが世界の映画界を席捲した頃で、ぼくもなけなしの金をはたいて、超満員の映画館で背伸びしながら「自転車泥棒」を見た。

その時、ぼくがもっとも印象に残ったのは、あの父子がレストランに入って食事するところ、いいよ呑んじまえ、くよくよしたってはじまらねえ、とワイン片手に父親が息子に語りかける、その息子の背後の席で、いかにも金持ちらしい男の子が、両手でパンのようなものを持って食っている、そのパンから白いねばねばしたものが糸を引いてツウーと伸びる、あの光景だった。

今思えば何のことはない。ピザパイなのだが、何しろ一九五〇年代、外食券がなければ食堂に入れない時代の貧しい寮生だから、いったいあのうまそうな食物はなんだろう、とひたすら生唾をのみこみながら眺めていた。

この世界的名画を見ながら、食欲だけをそそられるなんて、芸術的感性と自分はよほど縁遠いのか、と友人同志が高級な映画論を語り合うのを聞きながら、自信を失った記憶があるのだが、まあ無理もない話で、ようするに、空腹をかかえてミラノの町をウロウロ歩きまわっている親子とあの頃のぼくの境遇は、あまりに距離がなさすぎた、ということなのだ。

あれから二十年以上の月日を経てリバイバル上映された「自転車泥棒」を見た時、これが間違いなく傑作であることを理解して、ほっとしたものだが。『御家庭映画館』という面白いタイトルの本の中の「自転車泥棒」の解説によると、色川さんが戦後、放縦無頼の荒んだ生活をしている時にこの映画を見て、どうして自分が盗み返さないのか、俺ならもっとうまくやるぞ、と思ったそうである。

色川さんの無頼の暮しがどのようなものであったかは、ぼくなどにはほとんど想像もつかないことだが、この天才がもし十年早く生まれていたら、あるいは十年遅く生まれていたら、ということを考えないわけにはいかない。戦争から戦後へかけての日本の歴史が、この作家の仕事の中味を大きく変えたことだけは間違いないのだから。

色川さんには、何度かお逢いしたことがある。最初は今から二十年ほど前、藤原審爾さんのお宅で、彼が色川君だよ、といって紹介された時。その後は神楽坂の仕事場にしている宿で対面、いつもただ挨拶するだけで、いつかこの人と話をする機会が持てたらな、という憧れのような気持を抱きながらも、結局そのままだった。

一番最後にお逢いしたのは、確か一関に転居される前の年だったと思う。ぼくの住居のある成城町の小田急の踏切で、自転車に乗った色川さんを見かけた。ぼくが挨拶すると、色川さんはわざわざ自転車を降りて、特徴のある大きな頭を下げた。いつもはあの大きな眼でにらまれると、ちょっと怖いような感じがしたものだが、その時はとても優しく、何か話しかけたいことでもあるような、そんな暖い雰囲気だった。

ユニークな映画ファン、音楽通だった色川さんの想い出

野口久光

東北の静かな環境に居を移してライフ・ワークの執筆に取りかかろうと岩手県の一関に落ちつかれたばかりだった色川さんが突然帰らぬ人となられて早くも三年になる。

長いお附き合いではなかったが、映画や音楽、それもジャズやポピュラー・ソングのたいへんなファン、うるさ方としての色川さんには何十年も親しくした古い友達のようにお話ができた。私よりはふた廻りもお若かった色川さんがお好きだとおっしゃる歌の半分がかなり古い曲で、色川さんの年代よりずっとむかしのポピュラー・ソングがポンポンとび出す。ふつうのポピュラー・

ファンのきき方、とらえ方とはちがう。そこには文学者らしいインテリジェンス、日本人あるいは東京っ子らしい大衆、庶民芸術への愛情があり、人間くささもあってうれしくなることが多かった。もっとお話をきける機会を筆者の方からも作るべきだったとくやしくなる。

若くして文学を志された色川さんはピアノを習ったり、音楽の専門的な勉強はできなかったとおっしゃっていたが、古いポピュラー・ソング（のレコード）を実にたくさんきいておられるのに驚く。ただ単にメロディが気に入ったとか、歌手の歌い方がおもしろいというきき方でなく、その曲が作られた時代、作者や演奏者、歌い手の人間性やこころを感じとり、それを身につけるものや、愛用の万年筆やステッキのように身近なものとして愛情を持っていらしたようだ。

あれはもう間もなく五年になる一九八七年六月十九日、この日色川さんが『レコード・コレクターズ』というレコードマニア向けの雑誌に連載されたポピュラー・ソングにまつわる想い出の随筆をまとめた『唄えば天国ジャズソング』という本の出版をお祝いする会が六本木のライヴ・ハウス《バードランド》で催された。ホテルのなんとかの間で開かれる形式張ったパーティにないなごやかでたのしい色川ファンの集いだった。

そのパーティでうれしかったのは色川さんが長年愛聴されたレコードの中の曲から取っておきの二十曲ほどをカセットにダビングした『私家版・命から二番目に大事な歌』というタイトルを附したおみやげを頂いて帰ったことである。音楽好きな色川さんのお好きな曲や演唱をあなたもきいてみて下さいというやさしいお心のこもる労作？　なのである。

これを帰って早速聴き、色川さんに惚れなおしたのは私ばかりであるまい。亡くられたあとのある時、きき直してなんて温いお気持ちの方だったのかと胸が痛んだ。

このカセットはアメリカの新旧ポピュラー・ソングやジャズの古典的名演、それにちょっとバタくさい日本人アーティストの戦前の吹込などの自由なオムニバスになっているのだが、心にくいのは「マイ・アイディアル」というアメリカの古い映画主題歌を日本のジャズ界のかくれたる名手、コルネットの西代宗良、ピアノの八城一夫のトリオ演奏がこのカセットのオーヴァチェアとエピローグとして構成されていることである。

この曲は時々ジャズ奏者によって演奏されることはあるものの日本でヒットしたという曲ではない。色川さんの特にお好きな曲だったことはこの二十曲のなかにキャロル・スローンの歌ったのが再登場することでもわかる。私にとってはトーキー初期の一九三一年ころ、フランスからハリウッドに招かれたモリス・シュヴァリエが主演したパラマウント映画『巴里選手』の中でシュヴァリエが歌うのをきいて以来の好きな曲だが、その当時アメリカでは発売されていたシュヴァリエのレコードは日本には出なかった。その映画に先立ちシュヴァリエのハリウッドで初出演した『レヴューの巴里っ子』の中で歌った『ルイーズ』は結構日本でもヒットしてエノケンさんが替え唄で歌ったりした曲。同じ作曲家リチャード・A・ホワイティング（今も健在な歌手マーガレット・ホワイティングの父君である）の作である。

こうしたジャズやポピュラー・ソングの想い出を書かれた連載の随筆集に「命から二番目に大事な歌」というサブ・タイトルをつけておられる。それにしても不思議なのはこのカセットのなかに色川さんがお生まれになるより前のたとえばジョージ・オルセン楽団の「フー?」のような曲が選ばれていることである。ジェローム・カーンがミュージカル『サニー』のために書いた曲で、日本では別に流行ったといえるほどの曲ではないが、筆者にとってはとても懐しい好きな曲のひとつなのがうれしかった。おそらく色川さんはセコハンのレコードを見つけられたか、それともお子さんのころお家にあったレコードかもしれない。昭和のはじめころの日本にはこの種のレコードがダンス・レコードとして毎月ビクターやコロムビアから十枚くらい発売されていてそのなかからガーシュウィンやジェローム・カーンの作曲した曲を見つけ出すのがたのしみだった。またこのカセットのなかに後に日本でも映画（トーキー）によって紹介されたエディ・キャンターの歌った「イェス・サー、ザッツ・マイ・ベイビー」やトーチ・シンガーとしてアメリカで人気があったルース・エッティングが「ジーグフェルド・フォーリーズ」で歌った「シェイキン・ザ・ブルース・アウェイ」、それにジャズ・ヴォーカルの隠れたる名花リー・ワイリーの歌った「アイヴ・ガット・ユー・アンダー・マイ・スキン」などが入っているのもさすがとおもった。も一人筆者にとって歌手としても最高のひとフレッド・アステアも登場する。またジャズに関してもルイ・アームストロング、デューク・エリントンをはじめ、ビックス・バイダーベック、ファッツ・ウォーラー、アール・ハインズといった面々もちゃんと収録されている。その一方、日本のアーティストとして二村定一、あきれたボーイズ、川畑文子（ハワイの二世）、中野忠晴（コロムビア・リズム・ボーイズ）らの演唱が入っているのもにくい。

軍国時代の日本の反逆児的なポピュラー・ソングやジャズからノヴェルティ・ソングまでのアーティストが雑然と、或は整然と並べられたこのカセットには色川さんその人が身近かに感じられる。『唄えば天国ジャズソング』に書かれている文体、中味はジャズやポピュラー・ソングのきき方、内容のとらえ方について学ぶことも少なくない。

もっとお会いしてお話をうかがいたかった色川さんにもうお会いできないのはくやしい、残念でならない。

鬱屈を抱えた男

夏堀正元

　わたしが知りあった一九五〇年代後半の色川武大は、屈託と孤独をひきずって歩いているような、いくぶん重たるい存在だった。しかもその一方で、自分でどうしていいのかわからぬ屈託ゆえに、他人に甘えるのがたいへん上手な、ときにはサービス過剰のお喋りをとりとめなくするといった二十七、八歳の青年だった。わたしより四つ年下なのである。

　色川がわたしの家に入り浸りのようになったのは、一九五七年以後のことである。当時の彼は娯楽雑誌の編集者をしていたが、あまり会社には顔をださなくなっていた。ろくに文学書を読んだこともなく、漱石も、ドストエフスキーも、サルトルも知らなかった。戦時中からの文学少年で乱読気味だったわたしは、お節介にあれを読め、これを読め、としきりにすすめた。色川はふん、ふん、と聞いてはいたが、その反応はまことに頼りなかった。

その前年に「新潮」に処女作を発表したのち、第二作も同誌に掲載されたわたしは、武蔵境の小さな家を売って背水の陣をしき、創作に打ちこもうとしていた。成算があるわけでもなく、生活は苦しかった。わたしと妻の壽緒が借りたのは、高円寺北口の小さなアパートで、二階の六畳間が二つ振り分けになって二世帯が住めるようになっていた。その二部屋を借りて、ひとつは大きな机と椅子、本箱、ベッドを持ちこんだわたしの書斎兼寝室、もうひとつの部屋は、妻の寝室兼茶の間にあてた。色川がくると、わたしの部屋は狭すぎて寝る場所もない。そこで、彼は妻の寝室で客用の蒲団で寝ることになる。妻はW大の同級生時代から万事きりっと始末をつけなければ気がすまない女で、色川からは「壽緒さんは完璧主義者だからな」といわれていた。したがって色川が妻とおなじ部屋で寝ていても、隣室で執筆しているわたしは平然としていられた。

「この家にいると、どっちが夫婦かわからなくなるな。朝眼を覚ますと、壽緒さんがぼくの隣の蒲団に寝ているんだ。あれ、いつぼくはこのひとを女房にしたのかな？　いったい隣室で寝ているのは誰なんだ？　ひょっとすると、壽緒さんの間男かな、と思ってしまうんだよ」

色川は大きな眼をいたずらっぽく動かして、へっ、へっ、と眼尻をさげて愉しげに笑った。それは照れ隠しの彼特有のサービスなのであった。色川が泊っていくと、真っ白な客用の枕カバーや蒲団の襟が黒く汚れて、妻を苦笑させていた。彼は何日も顔を洗わなくても平気だし、歯も磨かずに口臭を撒き散らして、傍若無人に、だが孤独に生きていた。

当時の高円寺北口広場は、砂利が敷かれていた。戦後、ずっと家にいるときは妻がつくる和服を着ていたわたしは、駅まで送っていった色川とその広場で相撲をとったりした。柔道をやっていたわたしは相撲も弱いほうではなかったが、彼もなかなか力があり、しぶとい二枚腰でむかってきた。むろん、本気ではないから相手を倒すことはなかった。

彼と別れ、古本屋に寄ってアパートに帰ると、いま駅に送ったばかりの色川が、妻と笑いながら茶の間に坐っている。そしてそのままいつづけで泊まっていくこともしばしばだった。こうした珍妙な関係のくりかえしで、彼は二年間のうち一年間は、貧乏世帯のわが家に悠然と居候をきめこんでいた計算になる。

色川を解くキイ・ポイントは、かなり年齢の離れた元海軍大佐の父親にある。元大佐は敗戦後一切働くことを拒否したため、旧制中学を一年で退校した色川は、大道でもの売りをしたり、麻雀賭博で食いつないだりした。「あなた方には想像もつかない生き方だが、おれの身体は首までどっぷりと汚穢がつまっているんですよ」と、彼はいつかちょっと垂れ眼の大きな眼を宙にすえていったことがある。それはたえず破局《カタストロフィ》と顔をつきあわせてきた青少年期の、他人には窺い知ることのできない内面の修羅を表出したことばであった。

しかし、色川のキイ・ポイントは、無頼流の生き方のなかにはなく、戦後社会を断乎として拒否しつづけている頑迷そのものにみえる父親にあるのである。塀の倒れかかった矢来町の古い平家で、いつもテレビの音を最大限にあげている元大佐は、訪問客の声が聞えたときには玄関に仁王立ちになって、「武大はおらん!」と怒鳴るように応えた。その長身痩軀の父親に、わたしは何度も会っている。一見倨傲《きょごう》だが、わたしをみる眼にある優しみがあることを、何度めかの訪問でわかった。色川は屈折した心情で、この父親を愛しつづけた。あるいはこの父親しか愛さなかったことは、その私小説をとおしても切ないまでにわかる。

　色川はわたしと知りあったころの屈託が齢を重ねるとともに、大きな岩石を抱えこんだような生涯の鬱屈となっていった。彼のその鬱屈と、戦後社会を拒絶して生きた父親との鬱屈とが、怖ろしいまでの緊張関係のなかで照応していることに、武大の生きる根があるのだな、とわたしは痛感させられた。

　その鬱屈が、いつか爆発するぞ、そのときが色川が色川になるときだ、とわたしは期待をもっていた。彼は三十歳になったときから「ぼくは四十歳になったら死ぬ。それがぼくの運命だ」とよくいっていた。その早死に願望は、父親の長寿との比較のなかで、彼に悲愴感をあたえて緊張させた。同時にひどく屈折しながらも深く愛する父親の死をみずにすむという安堵感を、彼にもたらしてくれるのだった。

しかし、四十歳までに死ぬとなれば、なにかちゃんとした業績、せめては足跡を遺す必要があった。わたしが中央公論新人賞に応募するようにすすめたのは、ちょうどそのころである。色川もその気になったが、立ちあがりのきわめて遅い男なので、わたしは〆切りに間に合うかどうか、まずそのことが気になった。そこで友人づきあいをしている中公の笹原金次郎編集長に色川を引合わせ、「傑作を書ける男だ」といって、〆切りをちょっとのばして欲しいと懇請した。つまり、粗読みの第一次選考なしに、最終的な編集部選考に突っこんでくれれば有難い、という虫のいい希望をだしたのである。「ま、作品しだいだね」と笹原氏はいって、黙認の形をとってくれた。

ところが、肝腎な色川は小説の書きだしでつまずき、何度も原稿をもってやってきた。笹原氏に無理を聞いてもらった手前、色川から作品の内容を詳しく聞いていたわたしは、書出しの部分に思いきってこまごまと注文をつけ、手を入れた。それで先がみえたのか、彼はにわかにスピードをあげて書きあげた。これが昭和三十六年度の中央公論新人賞受賞の『黒い布』であった。受賞のきまった夜、芝の白金今里町に部屋を借りていたわたしの許に、色川と笹原氏がきてささやかな祝宴を開いたことは忘れられない。

「こんなささやかな祝宴があるだろうか、しかし、こんなに心のこもった祝宴はない。ありがとう」

と口下手の色川が大粒の涙をぽつんと浮べていったのが、印象的であった。

しかし、その後がいけない。二作ほど書いたが、すこしも評判にならなかった。さすがに色川はあせったらしい。中野の若宮に借家したわたしの家に何度も原稿をもって訪ねてきた。が、原稿はどれも未完成であり、先が書けないというのである。わたしはどやしつけるように励ましたが、このときに徹底的につきあったのが壽緒であった。彼の未完の原稿をまえにして日本酒の一升瓶を彼とふたりで、ときには二本も空にして徹夜で話しあっていた。

ずっとあとになって、わたしたちが驚愕したのは、そのときの未完の原稿の内容や、彼が口にしていた小説のさまざまなモチーフが、その後の『生家へ』とか『百』とか『遠景 雀 復活』などの好短編となって見事に結実したことであった。かの長距離砲は、二十年近い歳月のなかをかいくぐって、予定された弾着地点にぴったりと命中したのである。やはり色川は、鬱屈を大きな岩のように抱えて生きてきてよかったんだ、とわたしと妻はしみじみと思わされた。

それはともかくとして、『黒い布』以後の色川は、なにをどう書いたらいいのかわからなくなっていたようだ。ある日、彼はわたしにむかって「二人きりの同人誌をやろうよ」ともちかけてきた。費用は折半、年に二回か三回発行しよう、と張りきっていた。彼特有の甘えなのだが、わたしは彼が本当に書ければいいと思い、その提案に賛成した。しかし、〆切りをつくっても彼は書かず、ついに〝幻の二人誌〟に終った。かわりに噂を聞いて井出孫六、越智道雄、小田三月、緒田和治（仏文学者）、黒井千次、後藤みな子らが集まって『層』という同人誌を一九六五年から七〇年まで第十号をだして解散した。色川は創刊号に『穴』という作品を書いてしだいに遠のいていった。

色川は『黒い布』から十六年もの歳月を経て、一九七七年に『怪しい来客簿』で復活した。しかし、それからまもなくあまりに親密だったせいか、色川とわたしとのあいだで悲しむべき離反が生じた。わたしはある大手出版社のパーティで彼と会った。某有名作家とやり手のその社の編集者がすぐ横にいて、話がなぜか新日本文学会のことになった。「この色川君も新日文の会員だが……」とわたしがいった瞬間、色川はあわてて「ぼくは新日文などに入ったことはない」と口走った。これには色川の新日文入会の紹介者であったわたしは呆れてしまった。なぜ、こんな嘘をつくのか。あれほど親密だった友の奇っ怪な嘘は、信頼への卑劣な裏切りとしてわたしを傷つけた。妻はともかく、わたしはそのときから色川と口をきかなくなった。

この色川との六年間ほどの絶交状態は、その後亡くなった色川の師匠格であり、わたしにとっては三十数年もの長い畏友だった藤原審爾の通夜で彼と会ったとき、和解することにして高円寺の家に招き、酒を酌みかわした。「また壽緒さんと三人で、昔のように湯檜曽《ゆびそ》などにいって、ゆったりと温泉につかりたいね」という色川の顔はひさしぶりににこやかであった。

「百翁」色川武夫さんのこと

荻野いずみ

色川さんは私にとって「足長おじさん」のような方であった。といっても、この「色川さん」とは色川武大さんその人ではない。実生活のみならず、作品の主題・源泉として深い絆で結ばれていたご父君、武夫さんのことである。

話は昭和三七（一九六二）年に遡る。私が東京都新宿区内の小学校三年生のこの年、敬老の日にあたって、クラスから何人か、お年寄に手紙を出すことになった。しばらく経ったある日、教室で私は先生から一通の便りを手渡された。色川武夫さんよりの返信であった。

それが機縁となって、五年余りも手紙のやりとりが続くのである。今思えば前年の昭和三六年、武大さんが、父上をモデルにした「黒い布」により中央公論新人賞を受けられているわけだが、私が武大さんの存在を知るのは、十数年後、武夫さんと対面した時であった。

さて、色川武夫さんからいただいた当時のお便りは、残念ながら現在見つかっていないが、素晴らしい達筆で気骨がこもり、文末にはきまって「八十翁」と記されていて、ただ者でない感じをこども心に受けたことをおぼえている。手紙のみならず、明治神宮の菊花展に行かれれば絵葉書集を、勉強するようにといっては『ファーブル昆虫記』などの本を送ってくださった。時には「この頃字が大分上手になってきました」と励ましてくださって、とても嬉しかった。また年賀状に、私の名前をよみこんだ歌が記されていたり、珍しい団扇形の絵葉書をいただいたりと、色川さんは、成長期の私に、次々と新しい世界を見せてくださったのである。

一度、敬老の日に、日頃のお礼にと菓子をお送りしたが、「私には女の孫がいないので、貴女を孫のように思っているのだから、気にしないでほしい」旨のお便りがあった。ただし後で知ることだが、当時、お孫さんは一人もいらっしゃらなかったのである。私の方も、祖父母と遠く離れて暮しており、〝色川のおじいさん〟と呼びならわしていた。親とは違った距離で、長い間見守ってくださったのがどんなに大きなことであったか、同年齢の娘を持つ今、いっそう身にしみて思われる。

中学二年になる時、私は関西に転居し、それからしばらくして色川さんから初めてお返事が来なかった。緊急なことがあってもおかしくないご年齢であった。

ふたたび東京に戻って大学へ進んだ私は、色川さんのお住まいになっていた新宿区矢来町が大学から地下鉄で一駅の近さにあることがずっと気にかかっていたが、三年の時、思いたって、記憶にあったご住所をたよりに探したところ、確かに「色川」の表札のかかったお宅が見つかった。古い木造の家であった。

思いきって呼鈴を鳴らすと、若奥さんらしい女の人が出てこられ、「こちらに色川武夫さんというおじいさんがいらっしゃいませんでしたか」と名を告げて問うと、家の奥に向かって「おじいさん、大槻（私の旧姓）さんとおっしゃる方がみえましたよ」と叫ぶ。間もなく、長身痩軀の足の不自由な老人が玄関に現われ、「おう、上がれ」と興奮気味に言うなり中に引込んでしまった。

色川武夫さんはすでに九十歳近く、地方転勤から戻った次男一家と同居されていた。耳が遠く足が弱ったほかは元気だとのことで、一日の大半を、奥の和室のベッドの上で読書して過しておられるという。枕のきわには歴史雑誌が何冊も積まれていた。お嫁さんが通訳となり、いろいろなお話を伺った。石版印刷を創始した父上のこと、その死後は、長男としてたくさんの弟妹の面倒をみ、ご自分の結婚は四十歳すぎであったこと、海軍にいらして退役軍人となられたこと……。かつては若い人がよく訪ねてきて話し込んだりしていたが、この頃はそんなこともなくなったと、お嫁さんが話しておられた。

　すっかり日が暮れてお寿司をご馳走になり、次男正大さん、おじいさんの奥様あきさんも仕事から帰られた。お嫁さんが「おかあさん大変ですよ、おとうさんのガールフレンドがみえていますよ」と言われて大爆笑となった。

　そのうちご長男の話が出て、「何をなさっているんですか」ときくと、一同ちょっと愉快そうに小説家だと言う。お名前を伺うと、おじいさんが「色川武夫の夫から、一を取って武大」といたずらっぽくおっしゃった。

　古いアルバムを見せていただいたが、若き日のおじいさんは、エキゾチックで、銀幕のスターのように際立った美男であった。お子さんたちの写真も目がパッチリと愛くるしかった。

この晩のご一家のあたたかいもてなしを、私は忘れることができない。

しばらくして、もう一度お伺いした折、何か困った時は自然を見るようにとおっしゃったおじいさんの言葉が印象に残っている。たとえば一本の木の葉はどれも似ているが、よく見ると、二つとして同じものはない。また、誰かが帯をもらっても、あなたは帯留しかもらえないかもしれない、それなりのなりゆきがあるのだと……。自然界や人生の大きな摂理に立ちかえって考えるよう諭されたのだと思う。

その後、武夫さんからいただいた葉書が四枚手もとにある。昭和四九年六月二日付のものには、「暑中見舞ありがたう。皆様御健祥と存じます。若い頃は夏は楽しい季節でした。折角飛び廻って、心身共に鍛えなさい。苦楽は気の持ち様一ッ。私も負けずに頑張ります。フレーッフレーッ、然し貴嬢は御婦人、忘れずに。左様なら。」とある。

昭和五一年の年賀状には「賀春　丙辰元旦　御多祥を祈る　あせらずに進軍

なさいませ　身体を大切に。」と記されている。

五三年の年賀状は「賀正　元旦　御多祥を祈る。」とのみあり、宛名が左に曲がって書かれている。この年、武大さんが直木賞を受賞された時は、まるで身内のことのように嬉しく、ご実家にお祝いの電話をかけたのをおぼえている。私もこのころから、先駆的女性心理学者原口鶴子について調べはじめており、この人物が武夫さんと同時代人であることに励まされて、後に一冊にまとめることになる。

五五年の賀状には「賀正　元旦　拙者健在ながら　駄目です　近くの外出も止められて居ます　真の穀つぶしです　九十五になりましたが　誠に　すまぬことです　若い貴嬢がたの御健在をのみ　祈って居ります　バイ〳〵」と書いておられ、これが最後のお便りとなった。

『生家へ』を手始めに、武大さんの作品を読むようになった私は、色川家の方々、ことにおじいさんがよく登場されるのに驚いた。当然ではあるが、武大さんの目を通した、私には知り得ない姿が描かれている。

親の後ろ姿を見て子は育つというが、武大さんの場合、晩婚の退役軍人の父を持ったため、「幼い頃の私は、屈託に包まれながらじっと時間を持てあましているのが生活というものだと思っていた」（『生家へ』作品5）という。また後に、「父からはさまざまな影響を受けているが、とりわけ大きかったのは、物事というものはそう簡単にまとまりがつかないし、またいったんできたことはなかなか無にならないということだった。……おかげで私は、いったん癖になった便利な認識法を捨てて、何事もあるがままを受け取ることに努めるようなった」（「復活」）と述べておられる。

幼い頃より抱えこんでいた孤立感、内へ内へと向う性情、やりたくないことはどんなに強いられてもしないといった頑ななまでのしぶとさ、一方、あらゆる人や人生に、それなりの重みを見いだす深い感受性は、父上をみつめつつ育たれたように思われる。

昭和五六年一一月、私は色川武大さんより、最初で最後の書状をいただいた。父上ご逝去の通知に、「父親晩年の唯一の友人になってくださってありがとうございました。故人がとてもお手紙を楽しみにしておりました。」と書き添えられていた。

親切過労死

山田風太郎

昭和十年代前半、私の旧制中学時代、映画を観ることはご禁制であった。それが発覚すると停学はおろか、退学になった。

それでも私は観た。なにしろ豊岡という但馬の田舎町である。映画館にかけられるのは、当時のことだから大半はチャンバラ映画である。が、終日かき鳴らされる呼びこみの音楽に抵抗できなかった。それで、決死の大冒険で何度も観たのみならず、「映画朝日」という雑誌に、ご禁制に抗議する「中学生と映画」と題する文章まで投稿した。そのときに使った山田風太郎というペンネームが、ひょんなことでいまにつながってしまったのだが。——

あるとき色川氏が拙宅に遊びにきたとき、そんな懐旧談をした。

すると、その時期の映画でビデオ化されているものは、ぜんぶ自分のところにあるという。のみならず、当時の映画雑誌もだいたい蒐集してあるから、右の「映画朝日」もあると思うという。

数日後、その「映画朝日」とともに、次のような手紙が送られてきた。

私は約五十年ぶりに、山田風太郎の名がはじめて雑誌に掲載された——投書欄ではなく、ふつうの頁であった——文章に、こそばゆい感慨で再会したのだが、それはそれとして色川氏の手紙に驚いた。

まずはじめに、ある文学賞についての感想がのべてある。

この人はふしぎな人で、自分をこの世の落ちとこぼれと称しながら、意外に文学賞に多大な関心を持っている人であったが、あんなにいろいろ賞をもらうと、一種の蒐集欲を持つようになり、またあらゆる文学賞に一家言を持つようになるのも当然かも知れない。

さて、次に手紙にはこうある。

「お話のビデオ、大体ございます。『幕末太陽伝』だけがございませんが、これもまもなく手に入ると存じます。それから『丹下左膳・百万両の壺』が、わが家のはベータにてVHSにダビングしなければならず、わが家でやると画がわるくなりますので（もともと画がよくありませんが）ちょっと外へ出します。たいした手間はとりません。近日中に昼間にもお届けにあがります」

『幕末太陽伝』は戦後のものだが、評判はきいていたので私が注文したとみえる。

「それから、只今手元にありますビデオ・デスク類の中から、ひとまず昭和十年代（それ以前も含めて）日本映画だけをざっと並べて記しますので、この中に御用のあるものがございましたらご指名下さい」

と、あって、ズラリと映画名と主演者の名が列記してある。いま勘定してみると一一五本あった。

そして最後に、

「以上、ざっと記しましたが、まだ未整理の物の中にいくらかあるようです。ただし画面はよくないものが多く、また総集篇と称するダイジェスト版もございます。まァコピイと思うほかはないようです。ご必要ならば、外国映画あるいは戦後の作品のリストも作ります。」

と、ある。

色川氏がビデオを集めていることはそれ以前からきいていたが、それは怖ろしく人に気を使う色川氏が、編集者などを待たせているサービス用だろうと考えていたけれど、彼自身いちいち見ていたらしい。

別にまたくれたリストがあって、これには監督、脚本、撮影のほかに、それぞれ数十人の出演者の名が列記してあるのみならず、その寸評までつけ加えられている。例えば、

「雄呂血《おろち》」――大正十四年作品。

「無声映画については資料乏しく、くわしい配役表がございません。あしからず」

「河内山宗俊」――昭和十一年。

「原節子の初々しさ、翫《がん》右衛門の洗練（ハンフリー・ボガードみたい）前進座脇役の層の厚さ。山中貞雄の最高作という人もいますが、小生は、人情紙風船の円熟の方が……如何でしょうか」

「血煙高田馬場」――昭和十二年作品。

「バンツマがミエを切るたびに、若い編集者たちが笑うのです。彼らを笑わせる程度によくできているのかも知れません。駈けつけの移動シーン、彼らが笑う大立廻りは、ともに当時の話題となりました」

「路傍の石」――昭和十三年作品。

「本来は一三〇分のフィルムですが、所々消失しております。特に後半、吾一の上京以後はかなり不完全なものになっております。しかし私などの場合、幼ないころに観て印象的だった場面は大体残っているように思います。それからセットや考証に凝っている点も、現在の映画よりマシかと存じます」

といったたぐいである。

この文章を見てもわかるように、色川氏はこれらの映画の多くをビデオではじめて観たわけではなく、封切当時に観ていたらしい。昭和十五年、私でさえ十八歳であった。色川氏は私より七つ年下だから十一歳のはずである。いわんやそれ以前においておや。

色川氏のエッセーを読んで、いつも首をひねるのだが、映画のみならず軽演劇の役者たちについても、昭和前期の人々を身近かにまざまざと描いている。まさに怪少年といわざるを得ない。

しかも、これらの手紙やリストをくれたのが、その日付を見ると死ぬ前年のことなのである。

このころの色川氏は――実状はよく知らないけれど――多忙の最大期にあっ

たように思う。そのなかで、これら数日数夜を要したと思われるものを書いてくれたのである。怪老人といわざるを得ない。

この親切は異常である。

怪老人といったが、色川氏の死んだのは六十歳だから当今老人とはいえないかも知れない。その年齢で彼を自滅させたのは過労であると私は見ているが、これは親切過労死ともいうべきだ。

そうそう、もう一人、異常に親切な作家があったのを思い出した。梶山季之氏である。

昭和四十年はじめて私がヨーロッパ旅行したとき、当時は外貨の持ち出しに制限があって、私が困惑していると、どこからきいたか梶山氏が外貨の面倒を見てくれたか、面倒を見ると伝言してくれたかした。ところが私は梶山氏とは一面識もないのである。ずいぶん親切な人があるものだ、と私は感謝したことがある。

その梶山氏も若くして急死した。これも親切過労死としか思えない。

親切すぎる人間は長生きはできない。

重なる軌道

高橋治

私は長崎駅のフォームを望遠レンズで狙っていた。

長崎は日本の駅では珍しい形で、機関車の着く位置が出口近くかあるいはもっと手前になる。下車した客は自然長いフォームを延々と歩いて来る。

その群れの中に、どことなく疲れを引きずっているような女をまぎれこませてあった。ひと駅手前、二キロ足らずの浦上駅から乗車した女優は、終着駅の客にまじって、カメラの方に近づいて来る。

このOLでもない、旅行客でもない、人妻でもなければ娘でもない、正体不明の女を、フルモデル・チェンジした新車にからませる。劇場用のコマーシャル・フィルムで一分そこそこのものだったから、余計な要素は盛りこめない。

夏は女の崩れを着るもので出し易いシーズンだが、崩れているだけでは逆効果になる。然るべきものとの出会いがあれば、女の両肩にのしかかっている疲れが、豪華な車にいかにもふさわしいものに変って見えなければならない。つまり、良く出来た車が、女の魅力を引き出し、引き出された女が車の成熟した味を観客に伝える。

そんな意図だから、女優と衣裳には凝った。理想的にいえば、最盛期のジャンヌ・モローというところだが、到底及びもつかない。それでも、大体この人ならという女優が探せた。

人、人、人の重なりの向うに、彼女がデッキから下りるのをカメラがつかまえた。歩いて来る。周囲との異質感も狙った通りに出ている。

「よしっ」

胸の中で呟いて、ニンマリした。次の瞬間それが、

「あれ」

に変り、悪い冗談は止せと叫びたくなった。

時代劇の元結が切れたようなザンバラ髪で、クソ暑い長崎の残暑だというのに、東京や大阪の簡易宿泊街に巣食っている労務者が愛用しそうなジャンパーを着て、くたびれきったボストン・バッグを片手に提げ、はいているのは下駄という御念の入ったいでたちの男が、わが女優の脇を肩を並べんばかりに歩いて来るのだ。

「そのバクチ打ちつまみ出せ」

私は握っていたウォーキー・トーキーに怒鳴った。われながら反射的に出た表現としては的確だと思った。しかし、実のところそうとしかいいようがなかった。

画面の外側すれすれのところを歩いていた助監督がファインダーの中にとびこんで来て、ムンズと男の片腕をとった。だが、いかんせん男の方は両国界隈を歩いていてもぴったり来る巨体で、わが助監督は日本人としても小柄に出来上っている。つまみ出すどころか、助監督の方が引きずられそうなのだ。

事の次第を察したらしく、女優が走った。一車輛分前のデッキから下りて来る乗客を押し返し、自分がそこから下りるところからやり直して、一応は、使って使えなくはない画面にしてくれた。だが、女が烈しい動きをした後だけに、周囲の人たちが意識し、狙っていた自然な雰囲気は失われてしまった。NGはNG、もう一度同角度の光線を狙って、翌日の同じ特急でやり直すしかない。問題はまぎれこんで来た〝バクチ打ち〟の方だ。助監督が捕えた途端こういったそうだ。

「逆さにして振っても、これ以上もうなんにも出ないよ」

助監督は自分は渡世稼業の人間ではない、ただ、隠しカメラの望遠レンズで、監督の高橋が内職の撮影中なのだと説明した。

バクチ打ちの方は聞き直した。

「なんで治ちゃんが俺の長崎到着を撮らなきゃならないんだい」

バクチ打ちとは、阿佐田哲也こと色川武大こと、兄弟子色ちゃんだったのである。

この時は偶然は偶然だが、背後に必然的要因がないではなかった。色ちゃんと同門の師藤原審爾さんの野球熱が頂点に達していた時で、野球の東京代表として長崎国体に出場した。つまり、佐世保の競輪でやられたのか、大村の競艇で鼻血も出ないほどの目にあったのか、それとも、もっと本筋に近い鉄火場ですったのか、要するに、西の涯てまで流れて来かねない要因がなくはなかった。藤原組（これでも正式名称）の宿舎にもぐりこめば、アゴアシだけはなんとかなる御膳立てが出来ていた。なにせ、藤原さんという人は、共に旅の空となったら、煙草銭以外は絶対他人に金をつかわせない人だったのだから。

それにしても、選りに選って、私が狙いすましたカットの真唯中にとびこんで来て、総てをブチこわしにすることはない。私はムカムカしたものの、怒るわけにも行かない複雑な気持だった。

兄弟子ほどではないが、私も結構打つ。もっとも競馬とルーレットという戒律は断乎崩さない。といって目糞鼻糞の類いのことで、少しも威張れないが、長崎までの汽車賃さえ残せば、後はなんとかなると、懐勘定をして、最後の逆転を狙った勝負に出る色ちゃんの気持は、手にとるようにわかる。それが逆目に出たのだろう。肩を落して下駄を引きずって、長崎の駅に現われた姿は、当時まだ余端《よぜん》を保っていた大映の、江波杏子紛する女博徒シリーズの名脇役にそのまま通用しそうな〝哀れ〟を両肩に漂わせていた。

こんな馬鹿げた話はいくつもある。偶然は一回こっきりで終れば偶然のままだが、色ちゃんという人は、なにか悪意でもあって私のあとを追いかけるのではないかと思うことがなん度かあった。先様がテレパシーの電波を送って来る。こちらが受ける。この道を真直に行けば、必ず色ちゃんに出会《でくわ》す。そう感じると、果して憂慮した通りになった。二回や三回ではない。

例の眠り病で眼を閉じ傾いているから、今のこの隙に危険牌を通してしまえと、藤原さんともう一人に眼配せしてそっと牌を置く。なにせ、その頃はインチキ、嘘つき、誤魔化し全部アリという神話的なひどい麻雀で、私が白板《パイパン》を一枚放ったら、三人が同時に〝ロン〟と叫んだ。藤原さんが大三元、色ちゃんが四喜和の白単騎、もう一人が四暗刻の白単騎だった。おかしいと思われるだろう。白板四枚ではそんなことはあり得ない。いつ、誰が、どこから持って来たのか五枚で打っていたのだ。その後が珍だ。「ああ、三家和で流れ」平然としてまた五枚で打ち始めた。そんな麻雀だから、眼配せをすれば二人とも〝合点〟で声も立てない。だが、傾いていた色ちゃんだけが「ああ、それ」ともの憂げに呟く。なん度殺してやろうと思ったことだろう。

ああ会いそうだなと予感した時が同じなのだ。必ず、こちらに曰くありげな連れがあった。情報はその日の中に藤原邸に届く。私の方は悪評嘖々《さくさく》になる。その癖、兄弟子が女連れで歩いているのを、ただの一度も見たことがない。色川夫人にも、通夜の晩に初めてお会いしたというのだから、珍といおうかなんといおうか、実に不思議な関係である。その癖、死ぬ時だけは先方はみちのく一関にいて、私は四国高知県の外れも外れ四万十川にいた。そんな時だけはいつものサインも送って来ない。死に水のとりようもないではないか。

兄弟子というが、昭和四年生れの同年である。学歴では先様が落ちこぼれのハシリで、こちらが一応は人並み、小説の世界では兄弟子がエリートで、こちらが映画監督失業者の苦しまぎれ、なにもかもが逆様だった。だから、互いに知っている世界が重ならない。その意味では貴重な友人だったのに、早熟だった兄弟子らしく、世の中魅了してさっさと去った。

だが、どこか軌道が重なっている。その上藤原さんといい、色ちゃんといい、淋しがり屋ですぐに人を身辺に集めたがった。だから、嘘でも誇張でもなく、現在でも感ずることがある。〝ああ、この道を真直に行けば、色ちゃんに出会す〟。そんな時には、遠回りになっても道を曲る。ムービーのカメラはもういじらなくなったが、スティールの写真は撮る。だが、決して群衆にはレンズを向けない。

色ちゃんがいつまぎれこんで来るか、わかったものではないからだ。

石の会のころ

笠原淳

二十年余り前のことになる。有馬頼義先生からお誘いをうけて、〈石の会〉という集まりに加わった。

〈石の会〉というのは一種の秘密結社である、とは主宰の有馬先生の半分冗談だったが、メンバーにマスコミ関係者はほとんど居らず、新進、中堅どころの作家が主だった。どういう性格の集まりですかと何度か他所で訊かれたことがあるが、ぼくはその度に慢然と飲み食いする集まりで、とぼかして応じていた。実際、同人誌の集まりなどとちがって、文学論を交すわけでもなく、三々五々集まっては飲み食いしつつ座談に興じるだけのことだったのである。

当初は、色川武大、高橋昌男、武田文章といった小人数から始まったものと聞くが、ぼくが参加した頃はかなり大所帯になっていた。高井有一、後藤明生、五木寛之、早乙女貢、渡辺淳一、萩原葉子、他多士済済で、それらの中にはまだ紅顔も初々しい立松和平もいた。サロンというのは貧しい我国ではなかなか成り立ちにくいものだが、この会は有馬先生が病に倒れるまでつづいた。有馬先生の徳もあるが、佃実夫という名幹事の采配によるところも大きかったと思う。

月に一回、西荻のこけし屋に集まることもあったが、たいてい荻窪の有馬邸で、時に特別ゲストとして新庄嘉章先生が顔を見せることもあった。余談だが、〈石の会〉で津和野に旅をした折、食堂車でしたたか飲んだあげく新庄先生を寝台車にお連れしたが、他人のベッドにもぐり込もうとしてえらい目にあったことを覚えている。

そういう集まりにあって、色川さんはいつも静かだった。居眠りをしに来ていたのだったかもしれない。誰かが話しかけると細く目を開け、低い声でボソボソと応じるが、自分の方から語りかけることはほとんどなかった。

有馬邸での集まりがお開きになると、新宿に流れて二次会となった。当時よく通った厚生年金会館裏のスナックバーのカウンターで、色川さんがふっと誰へともなく、

——僕はね、空気を吸うだけで太るような気がするんです。

と呟いたのを覚えている。きまりの悪そうな笑いを浮かべていたが、どこか他人事といった感じでもあった。そんな風に自分から言葉を洩らすときは、機嫌もよかったのだろうが、道化ることで周囲にサービスしていたのだったかもしれない。もっとも彼の不機嫌な顔にはぼくは接したことはない。眠そうな顔というのはしばしばであったけれども。

夜更けて、帰りの電車もなくなって、色川さん宅に大挙して転がり込むことも何度かあった。引っ越し魔で、ぼくの知る限りでも何カ所か転々としているので、いつどの家であったかは一々定かには出来ないが、それらの中の一つで（大久保界隈だったろうか、ここは前にはかま満緒が住んでいた家だ、と色川さんが言っていた）飲みつかれてぼんやりしていると、色川さんがベランダにぼくを呼ぶ。見ると自転車が置いてある。体を鍛えるための道具で、ペダルを

こぐだけで走らない自転車である。それを示して、何だか悪戯っぽくニヤニヤ笑いながら、笠原さん、これやると運動不足がおぎなえるよ、と言う。しかし、走らぬ自転車はどう見ても日頃から使われていないようだった。屈託していたぼくに気をつかってくれたのだったろうと思う。

色川さんの居宅で、ぼくらはいつも勝手にふるまっていたが、どうも応接間だの書斎だのに入ったという記憶がない。つまり、色川さんの居るところ常に茶の間といった風なのだ。色川さん自身が茶の間であったと言えなくもない。で、本人はその茶の間の主人でなく、自分も客の一人であるようにふるまっていた。この世で、彼は主人の座を占めることはなかったのではないか。いつも客という気分、或いは気くばりで過ごしていたという気がする。

色川さんと二人きりで夜通し話し明かしたことが一度だけある。ぼくが新潮新人賞をもらったときのことだが、〈石の会〉の佃実夫氏の肝煎りでお祝いの会を開いてくれることになった。が、そのときはすでに新潮社、三田文学と祝う会を催してくれたあとで、〈石の会〉のメンバーの大方もそれらに顔を見せていたから、三度目となれば集まりは悪かろうと思っていた。しかも、佃幹事が〈はん居〉でやるというのを、一人二万円の会費ではなおのこと誰も来てくれないだろうから五千円会費程度でとぼくが進言して、会場は結局新橋の中華料理店に決まった。案の定、出席者は六・七人で、申訳なくぼくも会費を支払ったが、そのわずかなメンバーの中に、色川さんの顔もあった。阿佐田哲也の仕事が超多忙を極めていた時代で、どうしてそんな時間がとれたのか恐縮したが、二次会三次会と流れたあげくとうとう二人きりになり、色川さんの家に落着いた。たしか、広尾の家であったと覚えている。そこでさらに酒を飲みながら夜通し話をした。が、あいにくどんな話をしたのかさっぱり記憶がない。ぼくを相手にバクチの話もないし、また下世話な噂話に興じる人でもない。文学の話をしたようにも思うが、それも定かでない。ただ、覚えているのは、夜が白むまで色川さんが目をはっきり開けて、ボソボソ声ながら熱をこめて語りつづけていたことだ。

ぼくの家人が色川さんと同席する機会を得たとき、サインをねだった。手もとに色紙もないまま大学ノートの一ページに丁寧な字で何やら書きつけてくれた。何やら、というのはぼくはそのとき酔眼でよく読めなかったからだが、その中に、八勝七敗という文字だけは見てとれた。今でも原稿の売れゆきがはかばかしくないときなど、家人に向かって効験あらたかなまじないのように、八勝七敗、八勝七敗、と呟いている。

〈石の会〉で知り合って以来、二十年余になるわけだが、〈石の会〉は消滅したけれども、色川さんとはまだ付き合いがつづいているような気がする。

夢で鋭くうつつで懐しい

奥野健男

色川武大の作品にはじめて接したのは昭和五十二年（一九七七）の秋、『怪しい来客簿』であった。自分で見つけ、自ら進んで読んだのではなく、泉鏡花文学賞の候補作にあげられた作品として選考委員の立場から読まされたのである。『話の特集』という、しゃれていたが、サブ・カルチャー的な雑誌の出版社から出ているので、余り期待をしないで手にした。ところがその第一行から、ぼくはひきつけられ、捕えられてしまった。賞の候補作などと言うことは忘れて夢中になって読みふけった。

〈来客というものはおかしなもので、不意の来客はそれほど驚かないが、きまりきった客が何か約束があって私の家を訪れてくるというような場合、なんとなくこちらも身構えるような気分になる。怖いというほどではないが、先方が、電車の吊皮にぶらさがったり車の中にうずくまったりしながら、一路、私のところをめざしてきている。その姿を思うと、やはり、なんだか怖い。〉

この作者はぼくと同じような感じ方、体験をしている。人が来るのを待っているとき、その相手の吊皮にぶらさがったり、車にうずくまったりして、ぼくの家を目指しているイメージ、ぼくのいつも感じるイメージを文学に表現してくれたのは彼がはじめてではないか。（もっともぼくは怖いというより、ほんとうに来るのかという不安や疑いの方が強かったが……）

それに続く〈昔、王子電車の後尾に乗っていると、ピーポーという感じで後続の電車がすぐあとに迫っている……。〉という文章は、ぼくも渋谷から天現寺、中目黒に行く玉川電車や、青山の車庫前から宮益坂を下る市電で同じ体験をしているのでそれこそ尻がこそばゆくなるような親近感を覚える。

そして空襲、ぼくの家も庭や屋根に焼夷弾が落ち隣の家まで燃えながら焼け残ったので、ほとんど同じ体験をしている。しかも三月十一日、学校から浅草の焼跡整理に行かされ、区役所の近くで無数の焼死体、水死体を見ているので、戦争末期の東京にひきもどされた。

この人はぼくと同世代で、ぼくと似た感覚を持った人だなと久しぶりの同類感を覚えた。文学の同類感というものは決して優越体験の中にはうまれない。ぼくが太宰治、高見順、伊藤整、島尾敏雄、安岡章太郎、田中小実昌などに同類感を抱くのは、劣等意識、余計者意識の部分によってである。色川武大の作品は、ぼくがなぜ文学をこんなに好きになったのかの根源を改めて思い起させてくれた。

色川武大の『怪しい来客簿』は吉行淳之介はじめ選考委員の強い支持によって、津島佑子の『草の臥所』と共に第五回泉鏡花賞に選ばれた。ぼくも、この二人の作品を、いささか興奮して推した記憶がある。

十一月、金沢で受賞式があり、ぼくも選考委賞の一員として式に参加した。

その時、はじめて、肥りめの茫洋とした大人《タイジン》、色川武大氏とお目にかかったのである。ぼくはいろいろ彼に尋ねたい、彼と話し込みたい気持が強かったのであるが、ぼくより齢下の筈なのに貫禄がある。それにぼくがもっとも尊敬している伊藤整、武田泰淳、三島由紀夫という三人の文学者の全員一致により十六年前の昭和三十六年（一九六一）『黒い布』で中央公論新人賞を受けている。その作品を読んでいないということで、コンプレックスを感じて、余り突込んだ質問ができなかった。しかし色川さんは嬉しそうで、受賞式や市長招宴後、五木寛之のなじみの東の廓「藤とし」で遊んだときは遊びなれている感じで、人づきあいも堂に入っていた。津島さんが張切ってお座敷太鼓を叩くのを、傍らで楽しそうに眺めては、盃を重ねていた。

泉鏡花文学賞がきっかけになったのか、翌年『離婚』で直木賞、ついで『百』で川端康成賞、『狂人日記』で読売文学賞と次々に文学賞を受けるような活発で充実した文学活動を開始される。ちょうどその頃から十五年余、産経新聞に文芸時評を続けたぼくは、文芸雑誌に発表された色川武大の作品を、ほとんど洩らすことなく、紹介、批評した。その月に色川武大の作品があると、真っ先きに読んではたのしんだのだ。中央公論文芸特集に載った『生家へ』の連作などは、建て替えてしまった旧い生家の夢、いやそこにいる幻覚をしばしば体験していたぼくは、色川武大がぼくのことを書いてくれているのかと錯覚するような親近感を覚えたものだ。『百』の父親に対するアンビバレンツな愛憎も、痛いほどわかる。この作家の夢とうつつとの共時的表現は独得でほかに類がない。そして『狂人日記』の乾いた絶望感、これはただごとではないと怖ろしくなった。

そして文壇のパーティや小さい芝居小舎などでよく出会ったが、その布袋腹のものうげな姿態に接すると、同じように布袋腹になりかかったぼくは同類に会ったようにほっとした感じがした。その色川さんが女性たちにもてているのを見ると、ぼくもまだ希望があるとたのしくなったものだ。

最後にお会いして話しながら歩いたのは、亡くなられる前年の暮の東京会館での文学パーティへ行く道だったろう。日比谷交叉点の地下鉄の階段を呼吸をはずませながら上ってくるのにバッタリ出会って、会場までゆっくり歩きながら話した。ぼくは「海燕」一月号の「道路の虹」を最高の傑作だと興奮してしゃべり、その中の東京駅から出たデパートの無料の赤バス、白バス、チョコレートバスの話、〈市営バスは空色だが青バスと言わなかった。あれは市バスと呼んだ新宿からでる東京乗合自動車会社の緑色のバスを青バスと言ったのじゃないか〉と聞きただしたり、ねえやにつけるミカやマツやの話などした。もっと話したかったが東京会館について終りになってしまった。もうおたがいに軍艦や、車の年型や、相撲とりや、六大学の野球選手や、日米野球や、ベルリンオリンピックや戦前の映画について、話し合い確かめ合う機会は、色川さんの急逝によって永久になくなってしまった。

安岡章太郎、澁澤龍彦、宮脇俊三なども戦前の幼少年期の記憶の強い文学者だが、色川武大はそこに魔法がかったような特別の作家だった。遺作の「道路の虹」のような傑作は別として、ぼくは小説よりエッセイの方に記憶力とあいまった卓抜な文章が多いと思う。彼のエッセイはどれを読んでもおもしろく、感傷だけではなく明晰な批評精神に貫ぬかれている。たとえば『唄えば天国ジャズソング』などには文章にリズムがあり、〈みっちゃん　みちみち　うんこたれて／紙がないから　掌で拭いて…〉などを蒐集した鮮烈さは無類であり、しかもぼくらを涙ぐませる。もうこんな作家は出ないだろう。色川武大の不思議、三島由紀夫が大正十四年（一九二五）の三月生れとはどうしても思えないように、色川武大が昭和四年（一九二九）の三月生れとは大正十五年（一九二六）七月生れのぼくにはどうしても思えない。なにしろぼくの知らないことを知り、しかも体験しているのだから。母親のへその中からか父親の精子のかたちでかこの世を覗いていたのか。

今度あらためて読みなおし、小説に破綻多くエッセイが卓抜、父、母、家へのコンプレックス、賭事好き、魂の振巾の大きさ、壮烈な突然の死等々、そのイメージはぼくの中で坂口安吾のそれとかさなって来る。

知らなかつた事

高井有一

「怪しい来客簿」の初版本が、思ひがけなく乱雑な書棚の隅から出て来た。色川さんが歿くなつたときに読み返してみようと探したが、たうとう見付からなかつたものである。

永井龍男氏の随筆に「小悪魔」といふのがある。身辺からいろんな物が消える。使つたばかりの鋏が見えなくなり、ライターや赤鉛筆もどこかへ行つてしまふ。それはみんな書斎を根城にした小悪魔どもの仕業だと、永井さんは考へる。だから向ッ腹を立てるのは止めて、彼等が悪戯に飽きるのを待つてゐると、やがて失くなつた物は、直ぐ身近から姿を現はす。この随筆を書いたときの永井さんはちやうど六十歳だつた筈だが、今年同じ齢に達した私の仕事場でも、小悪魔の跳梁跋扈は著しい。向ッ腹を立てるどころか、探す事なんぞ疾うの昔に諦めてゐる。それだけに、長く失はれてゐた物が偶然に出て来ると、何か因縁さへ感じる。

頁の間から、〈謹呈　著者〉と刷つた名刺が落ちた。ああ、これが最初にもらつた本だつたな、と思つた。帯には〈待望の第一創作集〉とあり、初版の発行日は、一九七七年四月二十日である。

私は、有馬頼義氏を通じて色川さんと知り合つた。一九六六年の春ごろではなかつたらうか。そのころ有馬さんは、〝若い友人〟と呼ぶ作家を身近に集めて、月一回雑談する会を開いてゐた。この会はのちに〈石の会〉と名付けられて、参加者が増えて行くのだが、初めのうちはほんの四、五人が顔を見せるだけであつた。

定刻より早く来た色川さんが、有馬さんと差向ひで話し込んでゐるのを、しばしば見かけた。色川さんは、大きな腹を抱へるやうにやや俯向き加減に椅子に坐つて、低い声で熱心に話してゐた。私は、色川さんが大きな声を出したのを聞いた憶えがない。

色川さんの正体は把み難かつた。一体どういふ人なのだらう、と私は何度も思つた。中央公論新人賞を受けた作家だと教へられたが、作品を書いてゐる様子は窺へなかつた。後から考へれば不遇、低迷の時期だつたのだらう。しかし色川さんの振舞には、不遇ゆゑの屈託の気配はつゆほどもなかつた。他人の作品について、ずいぶん遠慮のない評価を下しても、話の区切りにふと泛べる子供がはにかんだやうな笑ひが印象を和げて、頑なさは感じさせなかつた。

阿佐田哲也の名による麻雀小説がそろそろ書き始められてゐた頃だが、〈石の会〉の席ではその事について一と言も触れなかつたから、私はかなり後まで、色川さん即ち阿佐田哲也であるとは知らなかつた。純文学と娯楽小説をはつきり分けて考へる態度は、終生貫かれたとおぼしい。歿後に夫人が書いた「宿六・色川武大」に、「狂人日記」の完成後、経済的に苦しくなつたとき、「阿佐田哲也君をやれば、なんとか生活はしのげるが、これからは純文学一本にしぼっていこうと思う。オレにはもう時間がないんだ」と言つた事が紹介されてゐる。

〈石の会〉は、有馬さんが自殺未遂事件を引起したため、一九七二年で終つた。そして色川さんと会ふ機会もぐんと尠くなつてしまつてから、「怪しい来客簿」が送られて来たのである。私は初対面以来十一年経つて、やうやく色川さんの作品に接した事になる。そのとき初めて色川さんを知つた、と言つてもいい。「怪しい来客簿」には、異形の人間が続々と出て来る。世の中にはこんな人間もゐるものか、と好奇心が先に立つて読んで行くうちに、かういふのが人間なのだと思はされるやうになる。作者が人間に興味を持つてゐる事は疑ひやうがないが、甘たるい〝人間好き〟とは明らかに違つて、その視線にはかなり酷薄なものが含まれてゐる。私は、他人と深間に嵌るやうな接し方をしない事が、色川さんの信條の一つであつたやうな気がしてならない。晩年の色川さんの眼を瞠る程の交際の広さも同じ信條から生れた現象ではなかつただらうか。

今から七、八年前、私と同じ年代のいはゆる内向の世代の作家たちが、三箇月に一度くらゐの割で集つて、おしやべりをする会を開いてゐた。色川さんは私たちよりやや年長で人生経験でも先輩の風格があつたが、声をかけると都合さへつけば歓んで出席して呉れた。そしていつも座談の中心となつた。博奕打ちは四十歳で不能になるとか、勝負事で全勝をめざすとろくな事はない、八勝七敗か九勝六敗に止めておくのが一番いい、といつた話を、私たちは興味津々で拝聴したものだ。内向の世代は、まかり間違へば定年までサラリーマンが勤まつてしまひさうな連中が揃つてゐて、およそ無頼とは縁がなかつたのである。あんまりみんなが熱心に聴いたので気がさしたのか、色川さんは翌る日、「どうして、俺、あんなに一人で喋つちやつたんだらうなあ」と電話をかけて来たりした。

色川さんの持病ナルコレプシーは広く知られてゐた。睡眠のリズムが狂つてしまふ病気である。「一定の間隔をおいて五分か十分くらいずつ、眠りの発作が襲ってくる。発作がくると、電圧器がショートするように私の身体はピタッと暗黒に閉ざされて、街を歩いていても、どこに居ても暴力的な眠気のために失神状態におちいってしまう」と、「怪しい来客簿」の一節にある。〈石の会〉の旅行の途中、歩きながら発作に襲はれた色川さんが、料亭の庭の松の木に激突した話は前に書いたが、それに似た逸話はいくらもあつて、酒席などで色川さんの噂をすると決つてその話題が出た。しかし、要するに眠り病だと簡単に片付けてゐた私たちは、色川さんの本当の苦しみについては何も知らなかつたのだ、と今にして思ふ。尠くとも私は、「狂人日記」を読むまでは知らなかつた。

「狂人日記」は寂しい小説である。幻覚、幻聴に絶えず悩まされ、自分は「生きるに値いしない」と認識するしかない主人公は、「自分は誰かとつながりたい。自分はそれこそ、人間に対する優しい感情を失いたくない」と願ひながらさうする事が出来ない。ただ一人愛した女に去られて、闇夜に立ちすくむ情景には、気持が冷えて来るやうな哀切な感触がある。

若いころナルコレプシーを研究した加賀乙彦によると、「狂人日記」に現れるのは、典型的なナルコレプシーの症状ださうだ。それならば、色川さんは身の周りに何を感じながら、松の木にぶつかつたのだつたらう。色川さんの作品を、作者を離れて物語として読む事は、私には出来さうもない。

小悪魔の悪戯に二度と引掛らないやうに、「怪しい来客簿」と「狂人日記」は、今は書棚の一ばん目立つ位置に並べて架蔵してゐる。

世話の判定

立松和平

　私がはじめて色川武大の作品に接したのは「ひとり博打」であった。「黒い布」という傑作を書いた作家だという紹介を受けたのだが、まだ学生だった私には、異貌ともいえる色川武大という人について何も知らなかったのである。

　一九七〇年頃である。私は色川さんとは有馬頼義邸ではじめて会った。月に一度若い作家たちを集めて飲んだり食べたりする「石の会」という文学サロンを有馬頼義さんが主催していた。有馬さんは久留米藩の殿様の血筋を引いた人らしく何事にもつけ大様で、本当に有馬邸で飲んだり食べたりするだけの会であった。有馬邸を辞すと、色川さん、高井有一さん、後藤明生さん、岡田睦さん、高橋昌男さん、笠原淳さんなどと連れ立って、私も新宿にくり出した。若い連中のほうは二次会のほうが本番というような感じでもあった。

新宿の飲み屋にはいると、一軒か二軒かは梯子をするにせよ、朝まで飲むというのが当たり前であった。その過程で他の作家や評論家と合流し、思わぬ論争に発展してしまったりして、ますます帰れなくなるのであった。

私は飲み屋の代金を払ったことがない。割り勘で頭割りにするのだが、たいてい私はとばされた。先輩諸氏からすれば私は年の離れた若造で、しかも学生であり、金を持っていないのは明々白々であったからだ。

朝まで飲むのは、私には大いに結構であった。時間はもてあますほどにあったし、体力もやり場のないほどにあった。電車が走りだしてから帰ることも大助かりだった。

そんな仲間に色川さんがいた。色川さんは私より年上だったが、いくつ離れているかは知らない。計算すれば簡単にわかるが、私はしない。年齢などたいした意味はないからである。といいながら、勘定を払う段になって、私は若輩であるということを大いに利用していたのだ。いいかげんだといえばいいかげんなのである。

「色さん、色さん」

色川さんはみんなからこう呼ばれていた。色っぽいような響きがあり、語感もよい。色さんと後から声をかけると、色川さんはズボン吊りを掛けた肩とその下の大きなおなかとをぐるっと回してくれた。

「世の中には必ず一人はうり二つの人物がいるものだというが、この前その人物を週刊誌で見たよ。マージャン打ちで、なんでも阿佐田哲也とかいういいかげんな名前をつけているんだ」

酒場で誰かが色川さんにこういった。もし知っていていったら相当な嫌みだが、本当に知らなかったのである。その人はこうつづけた。

「阿佐田哲也という人物は麻雀小説とかいうジャンルを開拓したらしい。ジャン牌のゴム印をつくって、原稿用紙にぺたぺたと押すそうだ。ゴム印を押して原稿料を稼ぐのは、彼ぐらいのもんだろうなあ」

へえそんなとんでもない作家がいるのかというようなことで、その場は大いに盛り上がったはずである。色川さんがどんな反応を見せたか、私にはまったく記憶はない。顔が双子といってもよいほどに似ているそうだが、色川武大と阿佐田哲也が同一人物とは露ほども思わなかった。

作家色川武大は仲間うちでこそ愛されてはいたが、「麻雀放浪記」の阿佐田哲也はくらべものにならないくらい大きな名前になっていった。もちろん色川武大と阿佐田哲也は同一人物らしいなどという話題は、どんな場末の酒場でも語られもしなくなっていた。同一人物だということは、たちまち語るも馬鹿馬鹿しい常識になったのである。

「色さん」

古くからの友人はこう呼ぶ。

「色川さん」

端正な小説を書く作家色川武大と付き合っている人、また本名と付き合ってきた人はこう呼ぶのである。そこにこう呼ぶ人が加わった。

「阿佐田さん」

どれもが一人の人物を呼んでいるのだ。そして、ある時期、阿佐田哲也が世間に色川武大を引っ張り上げたことも確かだと思う。

有馬頼義さんが編集長をつとめている「早稲田文学」では、短篇小説特集号を編むことになった。「石の会」のよしみもあり、有馬さんは色川さんに声を掛けた。そうして送られてきたのが「ひとり博打」であった。

酒はともに何度もしたたかに飲んでいたのだが、私は色川さんの作品を読むのははじめてだった。こんな凄い作家と飲んでいたのかと、私は刮目した。

「他の仕事をすませてから、朝方に居眠りしながら書いたんだよ」

私があまりに誉めるものだから、色川さんは照れてこんなふうにいった。当時の「早稲田文学」が色川さんに原稿料を払っているとは思えない。したがって、依頼された短篇を書くことは仕事ではない。だから仕事が終ってから書かざるを得ないのである。

「私も、私を知る限りの世間から、さまざまな判定を受けている。一応の稼業の、雑誌編集者、というあつかいをはじめ、賭博常習者、怠け者、男色者、生活音痴、鬱的楽天家、大体こういう線が多い。そうして私も、自分の行動範囲を疲れた肝臓のごとく膨張させている一人であって、全く関係のない交際群をいくつか持ち合わせている。そのためか、まだ別の判定もあるので、雑誌編集不適格者、というのをはじめ、遊び嫌い、性交不能者、狂人、小市民、器用貧乏、努力家、小心者、などあり、道徳家と称ばれることもある。いずれも実際にそうでないことはないし、そうした称び名に特に不服があるわけではない。又、そういう称ばれかた以外のどんな評価やあつかいを受けたとしても、今、べつに関心を持たない。」

一九七〇年五月号の「ひとり博打」の書き出しである。ここで色川さんは自分自身のことを実にうまく語っているのである。

神楽坂をはさんで

都筑道夫

色川武大さんとは、深いつきあいはなかった。けれど、共有していることがあって、尊敬のまなざしで、遠くから眺めていた。共有していたのは、場所と時間の記憶である。

東京の新宿区と文京区のさかい目、矢来の坂の上のほうで、色川さんは生れた。私は坂の下のほうで、生れた年もおなじだった。近くの神楽坂の夜店を歩き、はるばる浅草へ遊びにいって、成長してから、おなじように小説家になった。

もの書きになったのは、私のほうが早く、はじめて顔をあわせたのは、ある推理小説雑誌の編集部でだった。こんど入った色川君、と編集長から紹介されたのだが、私の担当にはならなかったので、ほとんど話はしなかった。したがって、おなじ台地の上と下とで、育ったことは、知らずじまいだった。

私は麻雀をしないから、阿佐田哲也の小説とは、縁がなかった。色川武大の小説ではじめて、雑誌に写真がのったときに、名前に聞きおぼえがあり、顔に見おぼえがあって、ひょっとすると、と思った。やがてパーティであって、やはり推理小説雑誌の編集者だった色川さんだ、と確認できた。

印刷会社のひと部屋を借りた編集室で、はじめて顔をあわせてから、二十年はたっていたろう。作品を読んで、牛込矢来の生れらしい、とわかっていたから、そのことが話題になった。以来、色川さんの名前を見ると、江戸川橋から矢来、矢来から飯田橋へかけて、のぼりおりする坂の家なみが、目に浮かんでくる。大学通りの夜店、赤城神社の縁日、神楽坂の夜店、飯田橋をわたって、靖国神社の例大祭の露店までが、ひとつひとつ思い出される。

私は往時をなつかしんで、言葉による絵として、思い出を書こうとするだけだが、色川さんは過去の記憶、現在の観察のなかに、自分の生きかた、自分のであった人びとの生きかたを、考えようとしていた。逃げ腰にならずに、小説を書いている。だから、傍観者である私は、尊敬のまなざしを、遠くから投げていたのである。

色川さんは、『怪しい来客簿』のなかの一篇、「名なしのごんべえ」で、神楽坂の夜店を書いている。昭和六年にでた『露店研究』という、横井弘三の著書を援用して、昭和ひとけたの神楽坂に、どんな夜店がならんでいたかを列挙し、自分のみた昭和十年代の店、ひとの記憶を書いている。

もっと古い資料としては、尾崎紅葉が『紅白毒饅頭』という明治二十四年の作品に、毘沙門《びしゃもん》さまの縁日の露店を記録している。色川さんは利用していないが、参考のために、品物のいくつかを、解説つきで抄録しよう。

太白飴、これは白い棒飴だと思う。文字焼、お好み焼の一種で、近年、もんじゃという小児なまりの名で、復活した。椎実《しいのみ》、これは椎の実を炒ったものだろう。説明不要の丹波ほうずき。海ほうずき。智恵の環《わ》。智恵の板、これはタングラムで、いまは夜店の商品ではない。化物蠟燭《ばけものろうそく》、青い火がとろとろ燃えて、幽霊の影がうつる花火の一種で、神楽坂の夜店では、昭和十年代にも売っていた。現に私が買っている。玻璃筆《がらすふで》、これは森村誠一さんが愛用しているガラスペンにちがいない。私が見たのは、たいがい細いガラス棒とバーナーをつかって、実演販売していた。竹甘露《たけかんろ》、砂糖を煮つめて、ゆるい寒天状に冷やしたものを、細い竹筒につめて、穴をあけて吸う。銀流し、銅製品につけて磨くと、銀のように見える液体だ。早継《はやつぎ》の粉《こ》、割れた陶器をつける接着剤である。

この月報の読者は、すでにでた第一巻に、『怪しい来客簿』が入っているから、お読みになっているだろう。だから、昭和ひとけたの夜店明細表は、ここに引用はしない。赤城神社あたりから、夜店がはじまって、大久保通りを越してからは、両側になる、と書いてある。それが、昭和十年代になると、大久保通りから、飯田橋の手前まで、右がわだけになっていたように、私はおぼえている。

リストのなかの帽子洗いは、私の好きな店だった。古ぼけたパナマ帽やソフト帽が、きれいになるのを、うっとりと眺めていた。そのくせ、洗う手順はわすれているのだから、記憶はおかしなものだ。口絵とあるのは、雑誌の色刷の口絵だけを切りとって、売っていたのだろう。風景画、美人画と分類して、莫莚の上にならべていた。

　有名だった熊公焼のことは、色川さんも書いているが、毘沙門さまのむかって左角に、いつも出ていたように思う。父といっしょに行くと、これを買ってくれるので、楽しみにしていたものだ。音譜売りが、舌の裏に入れていた笛というのは、小さなブリキ片を、ふたつ折りにしたものだろう。あいだに、薄いかんな屑かなにかを挟んで、ブリキ片の上から、いくえにも糸を巻きつける。それを、舌の裏に入れたのでは、吹きようがない。舌の先にのせて、上顎に押しつけながら、口笛の要領で吹くのである。

　食べあわせの薬売り、というのは、見たことがない。台などはおかずに、立ったまわりに人をあつめて、口上を長ながとのべる薬売り、睡眠術や記憶術の本をうる連中は、大じめという。靖国神社の例祭には、いつも二、三人、これが出ていた。明治の大盗、官員小僧のなれのはて、と称して、防犯心得の本をうる老人もいた。稽古着に袴という恰好で、八の字髭をはやして、気合術の本をうる男もいた。

　そうした露天商の紹介につづいて、色川さんは戦後、その人びとがどうなったかを、書こうとする。安田銀行のすじむこうの映画館の焼跡から、南京豆売りのお婆さんが、出てくるのを書く。

私はその映画館が、神楽坂東宝ではなかろうか、と考える。同時に神楽坂を書いて、牛込館や田原屋に筆がおよばないのに、ひそかな不満を持つ。色川さんは戦後、三十年もたってから、当時の無名の人びとを回想して、書こうとする。人びとのその後を、知ろうとする。

色川さんのえがく神楽坂を読んで、私が尊敬のまなざしをむけるようになったわけは、わかっていただけるだろう。矢来の通りと神楽坂をはさんで、おなじ少年期を送った色川さんを、私はいま、なつかしく思う。色川さんは、からだが大きく、私は小さい。子どものころ、青瓢簞と呼ばれた虚弱児だった。どうして、大きな色川さんが、先に死んでしまったのだろう。

色川さんのこと

黒川博行

芸大彫刻科の四年間、私はほとんど学校に顔を出さず、朝から晩まで雀荘に入り浸っていた。同じ学生仲間はもちろん、ときには近所の不動産屋の社長や、うどん屋の大将と、稼いだバイト料、払うべき授業料を賭けて勝負をし、負けた記憶はあまりない。若いだけに気力、体力は横溢していたが、いま思うと、所詮は井の中の蛙、好きこそものの上手なれといった程度の強さではあった。

そのころ初めて読んだ阿佐田哲也の作品が『麻雀放浪記』で、これがほんとうにおもしろい。勝負の機微、ギャンブラーの心理が過不足のない筆致で流れるように書かれている。絶妙の仕掛け、構成、展開、真の意味でのエンターテインメントにめぐりあったと思った。私は阿佐田哲也の大ファンになり、眼についたギャンブル小説はすべて読むようになった。

やがて大学を卒業し、私は高校の美術教師になった。学生のころは遊びほうけてばかりいたのが、彫刻を作りだし、毎年のように個展を開く。そうしたある年の春、新しいミステリー賞が創設されたことを知って、夏休みを推理小説の執筆にあて、それを応募した。作品は最終選考まで残り、佳作賞をもらった。

翌年、その応募作が出版され、ぽつぽつと注文がくるようになった。私は東京の編集者に会って話をし、そのたびに阿佐田哲也―色川武大のファンだといった。

「あの人は最後の無頼派ですよ」編集者は誰もが口を揃えてそう称賛した。

そんなふうにあちらこちらで「色川さんが好き」と吹聴しているものだから、ある編集者が色川さんに会わせてあげましょうといってくれた。ちょうど一カ月後に第四回のミステリー賞最終選考を控えていた私は、その選考の翌日に会わせてほしいと勝手なお願いをした。

私は運よくミステリー賞を受賞した。朝まで飲んでホテルに帰り、眠るまもなく、部屋の電話が鳴った。ロビーへ降りていくと、編集者の隣に若い女性が立っていた。彼女は川上由美子さんといい、川上宗薫氏の未亡人だった。どうやら、私を色川さんに紹介してくれるのは編集者ではなく、由美子さんであるらしかった。

四谷大京町の色川家、はじめてお会いする色川さんご夫妻はとても気さくで、若輩の私を歓待してくれた。色川さんのパジャマからはみ出している下着の袖がよれよれに延びていて、それがとても魅力的だった。色川さんの奥さんは美しく、ビールも鮨も旨かった。

このとき、色川さんとどんなことを話したのか、うわずっていた私はまったく憶えていない。ただ、色川さんが由美子さんに、宗薫氏の遺作『死にたくない!』は凄絶な迫力のある傑作だと評した言葉だけが印象に残っている。

それから半年ほどして、由美子さんは京都に移り住んだ。料理とお茶を本格的に習いたいという。私は大阪にいて京都に近いため、由美子さんとはよく酒を飲んだりして親しくなった。うちの嫁はんと由美子さんは私以上に仲がいい。

その由美子さんを訪ねて、色川さんが京都へ遊びにきたことがある。海燕に連載中の『狂人日記』を休載させてもらったらしい。私は友人の日本画家、池内を誘って色川さんたちの待つ祇園のスナックへ行ったのだが、酔いがまわったのか、B型のせいなのか、池内は何度も色川さんの名を間違える。「ぼくは阿佐田哲也さんと色川タケオさんが同じ人物やとは知ってましたけど、色川タケオさんの方の小説はあんまり読んだことがないんで……」と、この調子だ。私は思いあまって「色川タケオさんやない、色川武大さん」と訂正した。すると、色川さんが「――いや、そんなペンネームで書いたこともあるかもしれない」と、すかさずいった。

私は色川さんの優しさに感動した。いつ、どこでも気配りを忘れない人だと思った。

色川さんはナルコレプシーで、麻雀のときもよく眠る。「はい、色川さんの番ですよ」起こすと、ハッと眼をあいて起家マークのプラスチック札をつまみ、盲牌する。みんなは笑ったが、それも色川さん一流のサービス精神のあらわれだったと私は考えている。

「黒川くん、――しますか」年下の私に対して、色川さんはいつも丁寧な言葉遣いだった。

「人間、三十を過ぎたら目上も目下もない。みんな対等の友達です」色川さんはそういい、自然体でつきあってくれた。果して、私が年をとったとき、若い人とそんな器の大きいつきあいができるのか——自問してみるが、自信はない。

色川さんは大京町から成城の川上邸へ引っ越し、私は東京へ行くたび、お宅へお邪魔するようになった。深夜、ふたりだけでいるときは、お互いこれといった話もせず、カーペットにぺたりと坐り込んでサイコロを振る。色川さんは、むかし私がルールを憶えたズルチという遊びが好きで、これを延々と朝までする。だいたい五万円くらい負けたとき、色川さんは決まってレートを二倍にしようといい、私はツキが変わります、とあっさり断る。

「そう。仕方ないな」色川さんはにやりと笑って記録を書いた原稿用紙を破りとり、意気を新たに坐りなおす。ズルチの得点計算はけっこう複雑なのだが、色川さんは瞬時に点数を読み取り、間違うことはなかった。

そうして夜明けまで博打をして、色川さんは風呂をわかす。

「今日は手と足を洗います」色川さんは風呂嫌いではなく、洗うのが面倒なのだといっていた。

　色川さんと文学論めいた話をしたことは一度もない。それは当然のことで、私にはその資質も資格もないのだが、色川さんが推理小説を嫌っていたことは確かだった。色川さんは登場人物の行動に意外性が乏しく、伏線を段階的にトレースしていく、いわば構成主義的な小説が気に入らなかったのだと思う。目的より過程、均整より破調、色川さんは私に『普通の小説』を書きなさいと勧めてくれたが、私にとって『普通の小説』ほど難しいものはない。さて、現役のうちに一編でも書くことができるだろうか……。

　最晩年の五年間ではあったが、色川武大というたぐいまれな人格に接することのできた幸せを、私はあらためてかみしめた。

色川さんの微笑

田久保英夫

色川武大にふと顔を合わせた時の頰笑みには、言い知れぬ優しさと含羞《はにかみ》がある。ときに芯の方にひそむつよさが、静かに浮んでいることもある。私はそこに何となく顔輝の描いた「拾得」の笑顔を、思い出したものだ。

といっても、私は色川さんとしばしば会っていた方ではない。早くから、深くつき合った人間でもない。しかし、記憶のなかには、早くからインプットされていた作家である。もう十数年前になるだろうか。たしか赤坂の小料理屋に、小人数の作家や編集者が集った時、初めてひき合わされたのだが、私はすでにその風丰《ふうぼう》に馴染んでいる気がした。中央公論新人賞の「黒い布」などの作品は、当然読んでいた。また、それよりずっと以前に、新潮社の裏手の通りを編集者と歩いていた時、ここが色川武大さんの家ですよ、と木造家屋を指して言われたのも憶えていた。色川さんのいろいろな小説や随筆を読んで、「生家」が出てくると、私はついその矢来町の家を思い浮べた。「生家」と父上のことは、短篇の珠玉「百」にも描かれたように、今後も色川さんの大きなモティーフになる筈だったろう。

その後、私が色川さんに会ったのは、ずいぶん年月を隔てて、親しい作家たちが新宿の小さな酒亭で、定期的に集りを持つようになった時だ。年上は私から、年下は立松和平氏まで、年代にもやや幅があり、出欠もまちまちの集りだが、一度ふいに色川さんが現われて、私と隣同士に坐ったので、ひさしぶりにいろんな話ができた。なかでも私を驚かせたのは、プロの麻雀賭博師たちの賭け金の桁外れな高さと、勝負どころの凄みだった。当時、へボ麻雀をする機会が多かった私の好奇心は、自然にそこへむかって、話題をひき出したのだろう。

しかし、色川さんの口調は静かで穏かで、特別な世界の話をするかまえも、まったくなかった。そこにはいつもの含羞さえ籠った微笑があったから、私はすぐ話題を変えた。

私は色川さんの個人的な事柄については、ほとんど知らない。迂闊なことに、初対面の頃は彼が「阿佐田哲也」であることさえ、知らなかった。それを最初に誰かに聞かされた時には、一種の感動を覚えた。〈朝だ、徹夜〉は、何と小説を書くことと麻雀をすることに、ぴったりな音律だろう。またここには、二重の書き手生活の苛烈な響きがある。

けれども、私は色川さんが戦後の十代の頃から、さまざまな放浪や辛酸をかい潜《くぐ》ってきたことは知っていた。あるいは同じ時代の少年期から青年期にかけて、歩幅の違いこそあれ、共通の路傍を歩いてきた者の直覚かも知れない。彼の自筆年譜の〈昭和二十年（一九四五）十六歳〉の項に、こんな一節がある。

〈八月、敗戦。これ幸いと中学を離れ、焼跡を徘徊《はいかい》。父の軍人恩給無くなり、インフレ下生活困窮。かつぎ屋、ヤミ屋、街頭立売りなどやる。またヤミ商事会社、薪炭配給所、通運会社、新興出版社などに少年社員として勤めるも、いずれも見習い期間を保てず、博打《ばくち》で喰いしのぐことを覚え

る。〉

その晩、色川さんと話していて感じたのは、こういう「博打《ばくち》」の世界さえ、何の屈折もなく眺める平静な気配だ。肩の力を抜ききると、体のなかを意識がまっすぐ通っていくように、こんな透明感が、その後の色川さんの作品の根底にはある。

それを一層つよく感じたのは、三四年後に私の祝いごとのために、神楽坂の料理屋へ何人もの作家や編集者が席を設けて下さった時だ。（いつも飲む会合の話ばかりで、申しわけないが。）三浦哲郎氏や高井有一氏、古井由吉氏たち七人の作家に交って、色川さんも加わってくれた。それは大仰な言葉でなく、私の生涯で忘れえない夜だった。しかも、二次会の酒場に行った時、薄暗い席で飲みながら、色川さんが隣から耳もとへ顔を近づけ、「今夜は呼んでくれて、ありがとう。とてもうれしい。」と囁いたので、びっくりした。私こそ、みなに感謝をどう表わしていいか、わからない気持ちだったからだ。思わずその顔を見ると、目尻に皺を刻んだ眸から、無垢なほど素直な微笑が浮んでいた。

「狂人日記」で読売文学賞をうけてから、何か月もたたぬうちに、突然色川武大は私たちの世界から立ち去った。授賞式の前前夜、私は銀座の酒場で初めて井上陽水氏と会い、なぜともなく色川さんの噂になった。私には陽水氏のような分野の人たちからも、色川さんが親しまれ、敬愛されているのが、今さらに感じられた。陽水氏はカードの手品で、私を翻弄しながら、授賞式には出るつもり、と言った。私も出る予定だったが、当日どうしても欠かせぬ用事ができ、行けなかった。

私はそれきり永遠に色川武大に会う機会を失った。

色川さんが好き

吉行和子

色川さんに初めてお目にかかったのは、十年ちょっと前、ほんの二、三分だった。病院から抜け出してどこかへいらして、タクシーでまた戻る、その車の中と外だった。

色川さんと親しい知人と一緒だったので、慌ただしく紹介して頂き、私はしどろもどろに、最近テレビで演った、色川さん原作のドラマの、混血女性の役のことが気になっていたので、「私、日本人っぽい顔なので……」とか言うと、「ああいう人ですよ」と笑って下さった。

その笑顔は、薄暗い車中一ぱいに広がり、車は動き出した。

あのままだったら、私はこんなに寂しい気持を抱えたまま、色川さんがいたらな、と何度も嘆くことはなかったのに。

色川さん原作のテレビドラマには二本出演した。今手元にもう一本あり、そのうち撮影に入る予定になっているので、三本になりそうだ。

これからも機会があれば、何回でも出たい。私の役は……と色川さんの小説を読んでいる。

でも、色川さんが観て下さったのは、最初の一本だけだ。

その時は、色川さんらしき人は、杉浦直樹さんで、奥様らしき人は、太地喜和子さん。私の役は、色川さんの小説やエッセイによく登場する、混血の女性、そのドラマでは秘書という役どころだった。

撮影現場に作家がいらして、出演者と役のイメージについて語り合うなどという事は、色川さんの場合あり得ないので、勝手に演ってくれとのこと。混血ったってね、と私は悩んだ。

舞台なら、多少メークアップで日本人離れの顔もつくれるが、テレビカメラでは不自然なだけだ。仕方ないこのままの顔でいくしかない、でも、この女性、多分海などへ行っても平気で焼いてしまうだろう、というイメージで、褐色に近い顔色にドーランを塗ってみた。話が面白く、皆んなのって楽しく撮影したのを思い出す。

そして、つい二年ほど前のも楽しかった。題名は、「離婚、恐婚、連婚」といい、監督は、森崎東さん。

この時の役は、盗癖のある働き者のお手伝いさん。物凄く働くので、撮影中はくたくただった。窓によじのぼってガラスは拭く、庭の木は引っこ抜く、池の水は掻き出す、換気扇の掃除、冷蔵庫の入れかえ、私生活でやらない事ばっかりだ。その上、書留からお金を抜き取る、家捜しはする、入院した主人を甲斐甲斐しく看病し、元気づける為に、ストリップまがいの事までしてサービスしながらも、入院費はしっかりくすねる。多分、実際に起ったことだと思う。

そんな女を、色川さんは面白くおもい、興味深く眺めていらしたのだろう。

この時は、色川さんらしき人は、唐十郎さんで、奥様らしき人は、岸本加世子さん。唐さんは、色川さんにちょっと似ていた。

亡くなる数年前くらいから少し親しくなりはじめた。

仕事とはまったく関係なく、といって、沢山お友達のいらっしゃるギャンブルの世界とも関係なく、なんか、近所づきあい、という感じで、自然に親しくなった。

四谷に住んでいらした時もあって、私は市ヶ谷にいて、四谷附近をうろうろすることが多かったので、四ツ角でばったり、というのも度々あり、暑いですね、などと簡単な挨拶ですれ違ったりした。

出合いがしらに派手なアロハとショートパンツで自転車に乗った姿とぶつかりそうになり、その時も、わあ、びっくりした、くらいで、そのまま別れた。

新宿のデパートでも何回か会ってしまった。お互に一人で、何を買うという目的もなく、という感じだったし、私もそうだったが、あらっ、くらいで、照れてそのまま別れた。

いつでも会えると思っていた。

それからまた二年くらいたって、もう少し親しくなった。

何人かでよく食事をした。そんな時は、本当に楽しかった。

色川さんといると楽しいな、と心から思えた。

どういう人が好きか、という事が、やっと分りかけて来ていた。

ずい分遅かったが、でも間に合った。

こういう人が好きだったんだ、と私は色川さんのことを考えた。

色川さんが好きな人は、私も好きだった。

色川さんが持っていらっしゃるいくつかの世界の、その一つに入れて貰えたという喜びは大きかった。

亡くなる少し前、ちょっとだけお会いした。東京は墓場のようだ、とおっしゃるので、またあ、詩人みたいなこと言っちゃって、と笑った。

それからまもなくだった。

「狂人日記」を読み、ますます色川さんを好きになっていたので、本を抱えたまま、うろうろしてしまった。

沢山の人が、色川さんを好きだったから、皆んな辛かっただろう、悲しかっただろう、寂しかっただろう、でも、私も敗けてはいなかった。

知らないままだったら、これ程辛くはないのに、と悔んでしまったくらいだ。もう街でばったりお会いする事もなくなった今、私は色川さんのお書きになったものを読むしかない。

そうすると、また、もっと好きになってしまい、困っている。

昭和モダニズムと色川武大

小林信彦

色川武大さんは亡くなる前には、「これからは純文学だけを書いてゆきたい」と語っていたという。

これを〈悲壮な決意〉などと解釈してはなるまい。ぼく自身、そういうとしになったから分るのだが、阿佐田哲也の名義で書かれた「麻雀放浪記」のようなエンタテインメントは、物凄い体力を必要とする。五十代半ばをすぎれば、そうした体力が衰えつつあることは自覚できる。しかも、色川さんには奇病があった。麻雀小説を書きまくったころの体力がなくなっていると感じたのは、当然であった。

幸い、日本文化には〈枯れる〉という伝統がある。川端文学賞を得たころ（一九八四年）から、色川さんはエンタテインメントを書くのが、きつくなっていたのではないか。

純文学とエンタテインメントを二つの名前を使って書き分けることとじたい、もはやクラシックである。しかし、そこらに関して、色川さんは古風であった。

しかしながら、色川武大という人には、もう一つの面がある。色川さん自身の言葉を借りれば、〈街の中の雑物〉好きである。自分は〈普通の人より十年は早く遊びを覚えている〉という時の〈遊び〉とは、昭和初年の流行歌・ジャズ・アメリカ映画のたぐいであり、これらばかりは血肉化しているから、やめるわけにいかない。

いってみれば、昭和初年のアメリカニズム＝下町モダニズムなのだが、これについて書くことは大衆性があるとはいえない。「唄えば天国ジャズソング」というエッセイはそのエッセンスで、色川さんの全著作中のベストだと思うが、賛同者はすくないだろう。

ぼくは一九八〇年からアメリカの古い映画をビデオで集め始めた。NYにいる友人にテレビの深夜映画を録画して送ってもらうのである。どうしても欲しい作品は、十六ミリになっているのを借り出して、ビデオ化してもらう。むろん、レンタル料はぼくが支払う。

色川さんも、なんらかの方法で、そうしたビデオを集めていた。セルスルーのビデオなど、ろくにない時代である。

どこで会った時か忘れてしまったが、ぼくがコレクションの話をすると、色川さんは自分も似たようなことをやっているといい、一度、作品リストを見せ合わないかと言い出した。

それを含めて、色川さんには何度か〈遊び〉を誘われた気がする。たとえば、往年の浅草の芸人が集まる会があるから、寄ってみないか、とか。

誘いは決して強制的ではない。「よろしかったら、足をのばしてごらんになりませんか」といった、柔らかい口調である。

それらの誘いに対して、ぼくは良い後輩ではなかった。

色川さんの誘いは、スタンダード・ナンバー、昔の芸人、ビデオ、と、ぼくの趣味と重なる部分が多い。しかし、というか、だからこそ、ぼくはなかなか出向かなかった。

「ローレル＝ハーディの映画のビデオは、だいたい、お持ちですか？」

という、ふしぎな電話をもらったこともある。

同じ世田谷区なのだから、家にいらっしゃいませんか、という誘いもあった。ぼくが出向かずにいると、エディ・カンターのコメディのビデオが送られてきた。その解説は、青いペン字で、原稿用紙数枚に及んでいた。マニアックなことに慣れているぼくも、これには驚いた。

ぼくが遠慮したのは、主としてぼくの中の超マニアの虫が目をさますことを恐れたからだが、色川さんの病気が悪化した噂を耳にしたせいでもある。

たとえば——、
〈アステアの唄は、逆に、やはりいい意味のごまかし芸だと思う。〉
などと、さらりと書ける人は、色川さん以外にはいなかった。
これは〈作家の余技〉というようなものではない。長いあいだ、アステアのみならず、B・C級の芸人を見てきた人でなければ、こういうことは書けない。しかも、こういうことを書いたからといって、エッセイの賞一つもらえるわけではない。

つまり、こういうこと（芸がわかるということ）を切りすてることによって、〈日本の戦後〉は〈発展〉し、経済大国とやらになったのである。

そして、一九八〇年に直木賞を得て、ブランド・ネームとなる前の色川武大は、もっぱら、こうしたことの真贋にこだわっていたとおぼしい。

色川さんの具合が香しくないときいても、まさか死にいたるとは思っていなかった。

ぼく自身、小説の方で納得のゆく仕事をいくつかした上で、〈遊び〉をおつき合いさせて頂ければ充分だと思っていた。（ぼくの友達のビデオ・マニアは、みんな、老後の楽しみのために集めている。）

色川用語でいう〈街の中の雑物＝遊び《ポップ》〉こそ、真の文化というものである。文化とは書店やらビデオ屋の棚にならんでいるものではない。ごく少数の人の記憶の中にだけあるものだと、ぼくは考えている。色川さんの死は、同時に

〈昭和の大衆文化の記憶〉をうばい去った。

　ぼくはめったに人の葬儀に出ないが、色川さんの葬儀には出席した。

　驚いたのはテレビカメラと芸能リポーターたちが待ち受けていたことで、色川さんは〈「11PM」でおなじみの阿佐田哲也〉としての顔の方が世間には知られていたのだなと思った。葬儀の裏方は幾つかの出版社であるが、作家よりも芸能人の姿がはるかに多かった。

　芸能人やTVプロデューサー、舞台演出家たち――といっても、若い人はいない。いずれも四十代、五十代の人たちで、二、三十年ぶりでぼくは挨拶をした。

　もう一度驚いたのは、彼らがいずれも最近、色川さんに会ったり、食事をしたりしていることだった。色川さんは、たしか、一関に移り住んだはずではなかったのか！

「いや、色川さんは失敗したと言ってた。もっと温暖な土地をえらぶべきだって」

「東京に帰ると言っていたわ。ケーブルテレビを観たいんですって」

これだけの人たちと〈社交〉をしていたら、健康な人間でも身体がおかしくなってしまう、とぼくは思った。色川さんは本質的に社交好きで、そういう自分を抑えるために一関に住んだのだろう。夫人の回想録の中に、一関で倒れたあと、「もう人に会うのは疲れたよ」と話しかけるシーンがあるが、常人の数倍も気をつかう色川さんは、にもかかわらず、人に会っていたのだ。ぼくが〈会う〉のを失礼したのは、そう間違ってもいなかったようである。

それにしても、色川武大が〈街の中の雑物〉を大胆にとり入れた真のポップ文学を成立させずに終ったのは残念である。残念ではあるが、もはや仕方がない。世の中には、〈生きる〉ことのほうが大切という作家も存在するのであり、その生き方が語り伝えられてゆくのだろう。

色川さんの思い出

秋野不矩

名簿をくっているとイの頁にひっそりと挿まれた一枚のハガキ、色川武大さんの転居の御通知である。思わず手にとると一瞬こみあげてくる想い、もう色川さんはこの世にいられない。何と空しい――、色川さんはいつもどこかで見守っていて下さったように思います。

最初御逢いしたのははるか昔で、山際素男さんから「友人の色川君です」と紹介されたのは横浜から船でインドへゆく二男の嫁を見送る埠頭でした。珍らしい御名前、ちょっとなまめかしいなとフッと笑いをこらえた事を覚えています。

その後久しく御目にかかっていませんでしたが、ある時、週刊誌に「秋野不矩さんの事」という記事を寄せられ、私がはじめてインドへ行った時のサンチニケータンの生活ぶりを、多分山際さんからきかれたらしく、私のまぬけぶりを少しオーバーに陳述されていましたが、その頃から私のまぬけたところが御気に入っていられたのかと今になって思い当ります。

いつぞやも御挨拶の時「はじめまして」とついうっかりいって了って「もう何度も御会いしています」といわれて恐縮して了いました。

このうかつ者の私に、自選展のパーテーの席上、勿体ないような御言葉を頂き、有難く、同時に驚きました。

次の銀座の個展の時には、閉店の二時間も前から待って下さって、築地の料亭に御案内下さり御馳走になりました。その日は明るい背広を召され腰かけた肩巾の広い後姿を、私は来客の応答に追われながら、もどかしい思いでいく度も見ました、その時、お灸で御体の調子が非常によく三十も若くなりそうだとの事をうれしく承りました。帰る時送って下さった車を降りながら「どうぞ是非御元気になられ若返って下さい」と申し上げたことでした。

その後また思いもかけずこの美山の避地に知人の車でおいで下さった時もほんとうに驚きました。あまり何も仰言らず、静かにじっとして居られました。ほんの少しの時間で御帰りになる前に自分もこんなところに住み度いともらして居られました。

その後東北の地に転居せられた由を風のたよりに知りましたが、そこではかなくなられるとは思いも及びませんでした。

もう返らない方の得難いような御芳情、その不思議な包容力を後になってから日を重ねるにつれて沁みじみとおもい勝って来るのでした。

ずっと以前の旅行でアフガンのカブールで雪にとじ込められて二日も三日も帰る飛行機を待たされた事があります。飛行機はカンダハールから来るのですが――、その日も今日こそは出航という噂で空港迄ゆくと、またもや欠航ということであてもない想いで仰いだ空に、ふりしきる雪をとうして中天にかかる太陽がうす明るく雲の向うに静かにただよっているのを見ました。それは何か深く動じ難い存在感を以て中天にあった。私はふと色川さんの思い出に重ねてふさわしく思うのでした。

知恵の星の賢者

小林恭二

色川武大（＝阿佐田哲也）氏は、わたしがもっとも尊敬する現代の小説家のひとりであり、氏の全集の月報を書けるなんて正直夢のようである。

わたしは不幸にして氏の生前に氏とお会いしたことがない。当然、没した後も会える道理はない。要するにわたしは永久に氏と会う機会がない。世にいろいろと悔しいことはあるが、これより悔しいことはない。

思えば紹介してやる、会わしてやると言ってくれた人はいっぱいいるのだ。いやそればかりではない。あるパーティーなどでは氏はわたしのすぐ横で、ぽつねんとおられたのだ。ほんのちょっとの勇気があれば、話しかけることができたのに。

今となっては縁がなかったと思うより他はない。

わたしは色川氏にずっと親近感を感じていた。実力は別にしても、作家としてのイメージが違いすぎるのは重々承知の上である。実際、色川氏が亡くなられたとき、ある週刊誌から電話がかかってきてコメントを求められた。おかしいな、生前親しかったわけでもないのにと首をひねっていると、なんと無類派作家に対する批判的なコメントを求められていたのだ！　無論、自分が長年の色川ファンであることを説明しておひきとり願ったのは言うまでもない。

わたしはこれまで小説を読んで「この主人公はわたしだ！」的な思い入れを味わったことは皆無だが（だから私小説が分からないのだ）、色川氏の小説に関してはともすれば例外的にそうした思い入れを持ちそうになることがある。

と言って、軟弱なわたしに無頼に走った時期などあろう筈もなく、それゆえ「麻雀放浪記」における坊や哲の大活躍には残念ながら「わたしだ！」的共感を持てず、氏の幼年期の思い出に限られるのであるが。

まず、育った環境が似ているというのがある。わたしは生まれは関西だが、育ちは渋谷で色川氏の描く山の手の風景には共感するところが多い。更にはあの劣等生ぶりに近しいものを感じる。ちなみに劣等生と言ってもいろいろある。作家などでいちばん多いのは、かつては優等生だったが、文学を覚えてから劣等生に「転落」したというやつ。そういう人にとって文学は「転落の味」らしく、小説の中にこれでもかというほどワルぶりを見せつけてくる。

それに対して色川氏のそれは身も蓋もない先天的劣等生とでもいうべきもので、人と同じことがどうしてもできない。いや、反抗的な気概があってできないのではない。自分は人より劣っているというアプリオリな自覚があって、どうしてもできないのだ。

わたしが共感を覚えるのはまさにその点である。どうしても人と同じことができない、という感情は確かに存在するのだ。ふてくされているわけでも、いじけているわけでもなく、ただ人と同じことを強いられるのが恥ずかしく、またそのように感じている自分に腹を立てている、そうした状態があるのだ。

氏は自分の頭が絶壁であることにその根拠を求めておられたようであるが、わたしは別にそういうことはなくただ漠然と自分は劣っていると信じていた。

（ちなみにわたしの頭蓋骨も帽子屋が苦笑するほどの絶壁であるが、絶壁が恥たりうるというのは、迂闊にも色川氏のエッセイを読むまで知らなかった。）

当然、我が国の教育制度はそういう生徒を見逃す筈もなく、気がついたときには自分から進んで、という格好で劣等生のポジションに落ちついてしまう。日本国の公立小中学校における生徒の評価は、学力よりも優等生的か、劣等生的かという点でくだされるから、このように自ら進んで劣等生のポジションにつくような奇特な生徒は希望する評価が与えられる仕組みになっているのだ。（わたしは小学校の低学年においては五段階評価で三より上を貰ったことがなかった。）

どうでもいいことを書いた。そろそろ本題の「私の旧約聖書」と「うらおもて人生録」の話を。

とりあえず「うらおもて人生録」である。

この「うらおもて人生録」は不良でバクチ打ちという立場から、青少年に人生の生き方をアドバイスするという、なんというかハナから異常なシチュエーションの本だが、内容はまっとうそのもの。色川氏はバクチを打ち間に得た教訓を敢えて一般論に昇華させず生のかたちで人生論にまとめあげているところが、逆に氏の懐の深さを感じさせる。

中に出てくる好きな言葉に「九勝六敗を狙え」というのがある。

これは人生を相撲取りの星勘定になぞらえたものだが、要するに全勝は全敗につながるから敢えて狙うべきではない。かといって八勝七敗というのも際どすぎる。まして敗北は感性を鈍くするから、避けねばならない。結局八勝七敗にひとつ保険をもって九勝六敗あたりを意識して狙え、というのがその本旨である。

まことに面白いアドバイスである。

が、希望に燃えた青年たちに与えるアドバイスとしてはなんというか場違いの感をぬぐえない。言うまでもなく、これから人生に向かっていこうとする青年たちの知りたいことは、どうやって敗北を最小限に留め、最大の勝利を勝ち取るかということだろうから。更に言えば文字通り徒手空拳からスタートせねばならない青年に勝ちをおさえる余裕がある筈もない。

そのあたり色川氏自身がいちばんよく分かっている筈だ。

にもかかわらず色川氏にそう書かしめたものこそ、自分のこれまでの人生から間断なく湧き上がってくる苦い思いに違いなかろう。

氏の人生論はその豊富な人生経験から来る思わず膝を打ちそうになる教訓に満ち満ちているにも関わらず、あるいは心底からこれから人生を迎える青年に知恵を授けたいという願いにあふれているにも関わらず、人生論としての実用的価値はおそらく皆無に近い。

それは言ってみればこの世に存在しない知恵の惑星のとびきりの賢者の言葉といった趣を持っているからだ。色川氏の語っていることはあまりにも深い知恵に裏打ちされているので、それがもっともだということは分かりながら、誰も実行すべくもないのだ。

色川氏が建前《えそらごと》を書いていると非難しているのではない。作家などというものは、そもそも建前を書くのが商売である。むしろ建前を書けない作家の方が問題というべきだ。ただ色川氏の場合、その知恵があまりにも深いので結果的に建前になってしまうのである。ここに色川武大という作家の特殊性があり、また読者はそこにひかれるのだ。

全巻に横溢した知恵の気配という点から言えば、「うらおもて人生録」は偉大な本である。その偉大さは、人生論としての実用性などあろうとあるまいと、損ねられるものでない、と、言うよりは、この偉大な知恵がそこらの若者においそれと実現されたら困るとすら言える。「うらおもて人生録」に記されている知恵は、色川氏自身にとっても見果てぬ知恵だっただろうから。

逆に言うと、この「うらおもて人生録」の中で色川氏が作りあげた聞き手の青年像は古今類を見ないほど素敵なものである。

すなわち、とびきりの劣等生かつワルでありながら人生を捨てておらず、また色川氏とサシで話せるほど肝がすわっており、また彼の言うことを理解できるほどクレバーであり、また何よりも素直である。（色川氏は「素直」を青年最大の徳目として与えている。）確かにそれは彼が生み出した最大のキャラクター坊や哲のそれに他ならない。

ここまで書いて紙幅がつきた。「私の旧約聖書」についても他の色川作品について語りたいことはいっぱいあるが、筆をおかざるをえない。

なんの因果か…

江中直紀

たとえば『麻雀放浪記』の幸福な読書体験だけをいま語ってはいられない。色川武大をめぐって、年とともに、一種のいたましさがしだいに昂進してくるような気がする。『怪しい来客簿』ならほぼ三年おきに再読していて、『生家へ』はちょっと苦しいけれど、それでも1から11まで番号をふられた「作品」のうち、いずれかのページを思い出したように開くことがある。しかし『狂人日記』はどうか。このような小説がなぜ書かれねばならなかったのかとも思うし、そこから反転して、このひとがなぜよりにもよって小説家になってしまったのか、そもそもなんの因果でという独語をつぶやきさえする。

すべてがみなれた風景なのだ。作品のなかの「私」はもっぱら凝視しつづけている。他人、あるいは世界をみつめ、ただ認識するだけで、根源的なかかわりをけっしてもとうとしない。「私」はしたがってまったく変化しないか、じっと、できるだけ現状のままにわだかまりたがる。修羅場をくぐりぬけることで、世間智にかけては成長し、しのぎの型を身につけたとしても、生きづらい個＝孤のありようが緩解《かんかい》するわけではない。もののはずみで境涯が変ったり、じたばたもがくはめに陥ったとしても、存在の底のところではどこふく風という貌をくずそうとしない。そしてそのはずみなのか、他者、夢魔、それとも死の影なのか、なにものかの顕現をいまここでひたすら待ちつづけている（麻雀だってまず牌を待つというゲームだった）。

これは小説という複数性の場におよそ縁遠い偏執的モノローグのようにみえる。他なるものに遭遇し、関係をむすび、そこに生起する変化の瞬間、変化の過程。小説とはなによりもそんな事件をめぐる多声のことばの函数《かんすう》にほかならないのだから。

いや、色川武大は事件ならいくらでも体験した、奇怪な異郷から還ってきた旅人のように、語るべき素材などふんだんにもちあわせていたと反論されるかもしれない。そうではない。小説でもエッセイでも、かぎられた場面、かぎられた挿話にどれほどつきあわされてきたことか。文筆稼業のやむをえぬ要請をこえて、もうコケの一念とも思えるほど、おなじ矢来の生家、おなじゼッペキ頭、おなじ指相撲のゲーム、等々の反復がひきもきらずあたりに瀰漫《びまん》している。しかもそうして語りなおされるとしても、そのつど、意味がなにがしか書きかえられるならまだしも、いつだって頑固のきわみに一定してしまっている。

そんなことははなからよく承知していたのだろう。だから書きはじめるにあたって、作品の結構をととのえるために、たぶん輪郭と芯と、ふたつの要所をことばの目処にしようと考えたのではないか。ひとつはようするに物語の型である。逸話が語られるさいの形式のさまざまなヴァリエーション。これは「見」をする対象にことかかなかったはずだし、たとえば旧約聖書を読みこむだけでも、おおよその型については通暁することができる。存在の不変という因子がなかったら、型というよりも、ほとんど構造とよんでみたいくらいなのだ。なにしろ物語のなかで、人物たちはかならず、とりあえず「役割」を演じつづけている。老編集長にたいするやんちゃ息子、愛馬、二番手、患者にたいする看護婦等々、たがいの「位置」がそのつど相補的、対置的にとりきめられるようで、物語の意味もつねにその関係性の場にしか生じてこない。

もうひとつはあちこちにちりばめられた箴言ふうのレトリックである。「笑いがこみあげてくるようなことは、例外なくもっとも怖ろしいことなのである」「こういう愚かしいことを、軟らかくいえる人物はさぞ魅力的だったろうと思われる」「破局がくるまでは、そんなもの他人の運命で、生命に決着をつけたり、生きざまを評価したりはいっさいしない」。この凝集こそが認識をことばの力に転位する。たんなることばだとむろん知りながらも、色川武大はあるていどまで、そんな文の効用をぎりぎり信じていたのかもしれない。すくなくともその対極、これまたテクストのいたるところに噴出し、響きわたる擬音語にたいして、これらの箴言＝呪文でナンセンスな音の流れに棹さすことができる。ギッ、ギッ、ココココ、ピィ、アール、ピイ、アール、モモ、モモン、モモモモ、ドッ、ドッ、ドッ、ドッと、首尾ととのった文でそいつをしめつけないかぎり、連打のリズムがどんどん切迫してゆくばかりだから……。

いずれにしろ悪魔の跳梁をおさえるため、しのぐために、なんらかの「フォーム」が必須だったように、モノローグの物語にあって、ふたつの水準のフォルムがやはりどうしても不可欠だった。これはしかし短篇、いわゆるレシやコントか、エッセイの文法であって、ロマン、長篇小説をうむ推力にはならない。『麻雀放浪記』はたしかに長尺だけれど、ピカレスクの定跡どおり、個々の悪行＝功業がそれぞれ話群としてつぎあわされているにすぎない。そして色川武大の名を冠したテクストの蠱惑といったら、短い物語のそれじたい閉ざされた規矩《きく》のなかから、あの擬音のように、枠におさまりきらない過剰がにわかに現出するところ、その一瞬一瞬にこそまずかかっているように思える。『生家へ』はさながら水の物語のようにも読めるだろうし、海辺でひとり洗濯する女の美人画にはじまって、絵のなかの波音をきいて眠りつつ、父が親和した海にひそかに嫉妬する少年の水底の夢として、テマティックな分析さえその気になれば容易にできるかもしれない。夢譚はしかしいっさんに逸走《いっそう》する。ひとつの悪夢がそれなりの意味をたたえはじめるなり、またべつの悪夢がぽんぽんとむぞうさに抛《ほう》りこまれる。つぎからつぎへと、度をこえて、語りのいまここは放埒にとりとめがない。

ところが、もういちど、『狂人日記』はどうかとくりかえさねばならないのだろう。短篇とはちがって、いわば手ぶらで長篇にとりくむ筆勢をみていると、モノローグをひっぱる力業にはただ感嘆するほかないが、そう、エッセイストだったらよかったのに、なんの因果かとあらためていたたましさを感じる。水をくむかたちの女の両掌、小便のような涙、水腫、水癲癇、沼地、湯のなかでの退嬰など、頻出する水の主題系にしても、どうやら長さにみあったほどよい表情におさまっているかのようだ。あえて蛇足をつけくわえるとしたら、この色川武大の悪戦苦闘に、日本の近代文学というやつの物語がきっところこつに雕《ほ》りこまれている。そんなブンガクにもかかわらず、潮はときとしてやみくもに奔《ほん》逸《いっ》するとだけいいすてておいて、語り手がたぶん身すぎと考えていた話群の愉楽のほうにもう戻ってゆくことにしよう……。

色川武大という男

山際素男

お互い何もしていない。何をしたらいいいか分らない。でも――。と感じ、思いつつ曖昧に生きている時期がある。

インドの広大な深い渓谷地帯。ダコイット（集団強盗）が数百年以上、今でも跋扈《ばっこ》する谷間を歩いていて、ふと見上げた丘の上に、若者がぽつねんと坐り、茫洋とした空間を眺めていた。

「あいつは、朝から夕暮まであゝして坐っているんだよ」、連れの護衛兼案内の警察官が笑っていった。羊飼いの若者である。山羊の群は丘の陰に隠れて見えず、代りに牛ほどもある野性のアンテロープ（羚羊）の群が飛び跳ねていた。

「だけどね、ああいうのが、実はダコイットに突然変身するんだ。ある日、ライフル片手に溪谷に飛び込み、数年後には、何十人、何百人も殺人をし、インド中を震撼させるダコイットの大首領になる。有名なダコイットはああいう若者だったのが多いんだ」

警察官は補足するようにいった。

色川武大とは何の関係もない。そしてその時、色川武大のイメージと重ね合わせた、なんてことは全くないのだが、どこかで心の中で交錯する。ぼくの中の原風景なのだろうか。

彼と何十年か前初めて出会った時、異和感は感じなかった。丘の上の若者の姿に何の異和感も感じなかったように。

で、直ぐ仔犬がじゃれ合うように、親しみを表わし、くっつき合った。何をしていいか分らぬ時期がお互い他人《ひと》様より長かったから、そういう付合方もまた長く続いた。

何もしないといっても、彼の方は自分の食扶持を稼ぐために、彼の口を借りれば女衒《ぜげん》以外はなんでもやった、というような生活が早い時から一方にはあった、ようだ。ようだというのは、彼はそういう生活面についてはほとんど何も話さなかったし、ぼくも一切質問しなかった。目の前にいる彼だけで十二分に楽しかったからである。彼は中学生時代からそれ以後のことはほとんど他人《ひと》には話していないようである。だが彼が最も深い敬愛の念を抱いて付合っていた数少い友人はその頃からの仲間だったのではないだろうか。本当に大切にしているものについては滅多に口にする男ではないのだ。

会えば何時間でも話しつづける。主に文学に関して、読んだ本の読後感とか、どこにでもある文学青年の世界である。話しくたびれ、退屈すると、おい、角力《すもう》しようか、などとどちらからともなくいいだし、どたんばたんやる。夢中になり過ぎ、畳を踏み破ってしまったことがある。そこは階下の姉夫婦の部屋で、留守を幸い広い方がいいと、下まで降りてやったのだ。なんとか取繕おうとしたが、どうなるものでもない。仕方なく、洋服箪笥を動かしその下に敷こうと、箪笥をどかし、畳をはがし、取替えようとしたが、うまく納まらない。畳というものは位置が決まっていてどこでもいいというものではないのに気付かなかったのだ。そのうち、そっちが悪いんだ、本気で力を出すからだ。何をいう、突いたのはそっちじゃないか、といったいい合いが始まり、君と付合っているいると結局碌なことはない。というところまでゆく。そして後で姉に謝る破目になる。いい年をして、とお叱言を食い、割の合わないのは俺だ、と後日むし返す。お互いそろそろ三〇になろうかという頃である。

食道楽の色川さんでも有名だったようだが、昔から妙に食物に凝るところがあった。〝俺は成金染みた食通ってのは嫌いだけどな〟、といい、生れ育った神楽坂近辺の古くからある魚屋、豆腐屋、らーめん屋などを専ら推賞し、時に料理もして食わしてくれた。

あそこの豆腐を一度食わしたいんだ。と、かねがねいっている豆腐屋があった。突然電話があり、豆腐を持ってそっちへ行く、という。

鍋ごと持ってタクシーで飛んできた。ぼくは大いに感激し、玄関口で待ち構え、大事に両手で受取ったところで上框《あがりかまち》に躓き、鍋を引っくり返してしまった。無残に潰れた豆腐を、上《かみ》さんと三人で暫し呆然と見下ろした。上の方だけ掬い取り、味噌汁に入れて食べたが、〝やっこで食おうと思って持ってきたのに〟

と、流石に憮然としていた。

「黒い布」で中央公論新人賞を取った後、二作目の「水」という小説を書くために旅にゆく、といった。何処へ行くんだと質《き》いたら、足利辺りを考えているという。昔の友人がそこで先生をしているのがいる。郷土史家でもある、といったら、一緒に行かないかということになった。その時のことはどこかで小説にしているから省くが、あることで一晩中二人して笑い転ろげてしまった。

結局二作目は余り評判が良くなく、失敗作ということになった。それから二十数年も圣って、あれは山際のせいだ、あいつと付合って碌なことはない、と〝吉行和子さんへのラブレター〟という文に書いていた。何十年圣っても変らぬ科白を吐く男である。「水」の主人公は確か彌七とかいう〝碌〟でもない百姓が主人公で、戦争に駆り出され、戦場でうろうろするのだが、その戦争場面をどうしようかという。そんな男なら、どうせ隅っこで縮こまっているのだろうから、溝の下に隠れていたら馬がどんどん跳び越えてゆくのを下から眺めているということにしたらどうだ。それなら馬の腹ばかり見ている内に戦いが終ったことになるだろう。楽なもんだぜ。いい加減なことをいったら、本当にその通り書きやがった。失敗するわけである。「水」の時もそうだが、最初の二、三行がいい。本人も気に入って、そこのところばかり、何十枚も書き直し、字が大きくなったり小さくなったりするだけの違いなのだが、その先は喋ってばかりで一向に進展しない。俺は書き上げる前に喋り過ぎるんだよな、とその都度愚痴る。十年余りそういう数行の未完の短篇の話を耳に胼胝《たこ》ができるほど聞かされていたから、活字になってから手にしても、どれも初めて読んだ気がしなかった。

〝最近、お化けが出るんだよ。見に来ないか〞。ある頃からそんなことをいうようになった。離れの部屋に移った頃だ。夜でも昼でも現れる。そのうち出るぞ。ほら出てきた。あそこ、あっち。指差すけれど、こっちに見えるわけもない。この頃敵は〝目玉〞に形を決めたらしい。目玉ばかり出てきやがる。ぼくの家に泊った時、出たら教えるから見に来い、あの目玉は凄いぞ。見せてやりたいよ。という。夜中に隣室から〝ヤマギワ、出たぞ、早く〞と叫び声が聞えた。上さんと二人して飛んでゆくと、新聞紙を丸め、ばしばしと叩いている。君もやれよ、と雑誌をほうって寄越した。彼の指差す空間を盲滅法叩くが当らない。三人共汗みどろで追いかけ、そのうち消えたという。馬鹿馬鹿しいと思うには余りに彼は真剣だった。ナルコレプシーという奇病の前兆だったのだろうか。

ジャズの手ほどきをしてくれたのは彼だった。一時賭博、競輪になんとかぼくを引き込もうとしていたが、余りの無能さに諦め、ジャズに切り変えたらしい。

レッド何某とかいうベース奏者が日本に来た事がある。一般受けする奏者ではないが、素晴らしいんだ、といい、ぜひ会って話をしてみたいから通訳をしてくれという。どこかのレストランで演奏している彼に、演奏の合間にテーブルに来てもらった。髭むくじゃらの大柄な白人だったが、えもいえぬ優しさ、温かさが自然に流れ込んでくるような人であった。そのレッドさんに話しかけている時の彼の態度も実に印象的だった。

少年のようにはにかみ、目を輝かせ、一切の力《りき》みを捨て、謙虚に、喜びを押さえ切れず語りかけた。〝こんなに自然に思ったことがいえたのははじめてです〟、最後にいった時、ピーター・ローレのように目が潤んでいた。

〝人はねえ、励まし合わなくっちゃいけないんだよ〟、いつになく強くいった彼の目が思い出される。

同人雑誌のころ

小田三月

いつどこから来て、どこに去ったのか——記憶のなかの色川武大は、そういうことが少しもはっきりしない。いつのまにか座にいる、そんな取り留め無いところが、彼の魅力でもあった。

年齢にしてもそうで、初めのころ私は、相当の年上かも知れないという懸念を無視して、友達どうしのような口のききかたを許してもらった。あるとき、二歳上ということが判って、判ったことにひどくがっかりしたような気分だったが、それも瞬時のことで、すぐにまた彼の茫洋とした大きさの虜《とりこ》になっていた。

初めて色川武大に会ったのは、たぶん一九五四年（昭和二十九年）の秋、阿佐ヶ谷の藤原審爾さんの家である。そのころ藤原さんは、チモフェーエフ著『文学理論』をテキストとして勉強会を主宰していた。これは大まじめな会で、平日の夜が意外に集まりにくいと判ると、日曜日の朝に改めたりもした。最盛期には二十人近い人が、毎週欠《か》かさずに集まっていた。

会場はたいてい藤原さんの玄関に続く部屋だったから、会員たちが玄関の戸をあけて入ってくるのが見えるわけだが、色川武大については、入ってきた情景を一度も思い起こすことができない。彼はいつも、藤原家の奥のほうから、目立たぬように出てきたに違いない。「こんにちわ」などと言いながら、戸を引いて姿を現すのは、彼の性分に合わなかったのだろうか……。

この勉強会は『握手』という同人雑誌を出した。一九五五年十一月から五六年四月までに三号で、発行所は武蔵野市境の夏堀正元方になっている。藤原さん、夏堀さん、それに私も執筆したが、色川武大は「書く」と言いながら空手形に終わった。

やがて『握手』の固苦しさに厭きたメンバーが、勉強会をやめて、夏堀正元を中心に『薔薇』という雑誌を始めた。この誌名は暗に「ばらばらに解体する」意味を掛けていただけに、会則もない自由な集まりで、会のあと飲み歩くのが楽しみだった。

飲み会のほうは久しく続いたが、雑誌は一号しか出なくて、一九五七年四月、発行所は杉並区堀之内の私の住所になっている。夏堀・色川・細窪孝が小説を書き、私が評論を書いた。色川武大作「黄色い封筒」は、敗戦前後の彼自身と生家の関係、とりわけ退役軍人だった父との葛藤を描いたもので、色川文学の原点をなす作品になった。待ち続けていた私たちは、この秀作を得たことを喜んで、大いに杯を重ねた。


ある日、色川武大が言った。「二人でルポルタージュを書こう」と。某出版社が新しい雑誌を出すことになり、企画を一本まかされたのだという。私は直ちに「では高橋《たかばし》に行こう」と答えた。都会のなかの秘境にテーマをしぼって、初回は判り易いドヤ街が良かろうと思ったのだ。しかも山谷では大きすぎる。

さっそく二人は菜っ葉服で出かけた。彼はアウトローの付き合いに慣れていたし、私も学生時代アルバイトで港湾労働のようなことを体験していたので、手配師にどこに連れて行かれようと驚かないつもりだった。ただ、刑事や変な潜伏者に間違えられると危いという緊張感はあった。宿をとるときに彼が値切ってみせた様子は堂に入っていた。文学のことなどは、二人ともいっさい口にしなかった。

私はこの折に、色川武大の競輪に関する蘊蓄に耳を傾けた。競輪とは、風圧を避けながらいかに良い位置に付けるかの勝負だということ——これは、知っている人にとっては常識らしいのだが、私は初めて聞く話で興味深かった。

夜はモツ鍋屋で焼酎をあおり、ぐっすり寝て朝から「立ちんぼう」を試みるつもりだったが、計画はたちまち崩れた。三畳一間に二人で煎餅蒲団を敷いて寝たのだが、夜中に南京虫の襲来に音をあげた。けっきょく電灯を消すこともならず、寝惚けまなこで朝を迎えた。

「出なおそう」

どちらからともなく、そう言って退散する始末になった。外から少し取材を進め、改めて泊り込んでも悪くない。そのときには強力な殺虫剤を欠かせない、と思った。私は地域の小学校の先生などをたよって、話を聞いてまわった。

まもなく、出版社の経営上の理由から新雑誌は中止となり、私は再度ドヤ街に入ることはなかった。色川武大は後に、もう少し衛生状態の改善された高橋を、ときどき利用していたらしい。


色川武大の家は新宿区矢来町にあった。牛込北町から坂を登り、旺文社の二つ先の小道を右に入る。その角には、刈り込まれて坊主に近いような椎の木(?)があって、不思議な感じの目印になっていた。がたぴしした戸を引いて門をくぐると、密生した木々の奥に、崩れ落ちそうな家が建っている。

玄関で呼んでも誰も出てこないのが常で、私の経験では、本人が出てきたことが一度、お袋さんが出てきたことが一度あった。その他のときは、右の奥でラジオが鳴っているので、そちらに向かって大声を上げるのだが、一向に出てくる気配がない。もっとも、ラジオの傍にいる筈の人物は、小説に出てくる元海軍将校の親父さんで、汲み取り人足さえ家に寄せつけず、自分で畑に撒くという変わり者らしいので、出てきたらきたで怖いという気もしていた。

お袋さんがいたときは、神妙に来意を告げ、その際「ブダイさん」などとは呼ばず正確に「タケヒロさん」と言ったので、その瞬間、少し表情がゆるんだように見受けた。

通されたのは玄関の左側の、六畳くらいの部屋だった。はっきり六畳と言えないのは、万年床のまわりに本や原稿用紙や、その他の紙屑、衣類などが散らばっていて、畳の縁など見えないためだ。寝ると足元にくるあたりは、畳が凹んでいて、今にも床が落ちそうな気配だった。戦時中、床下に大きな防空壕を掘った話を聞いていたので、それが原因で傾いたのだろうと思った。

結局のところ、どこをどう捜して色川武大に会えたのか覚えていないが、たいていの場合、私たちは旺文社の坂の途中の喫茶店か、神楽坂あたりの飲み屋に落ち着くのだった。『薔薇』がつぶれ、ルポルタージュの話も消えて、六十年安保から四五年の間、私たちは会うことが稀になっていた。その間に彼は、「黄色い封筒」の主題を父親の側から見て描いた「黒い布」で中央公論新人賞を得た。

夏堀正元はこのころ『罠』『鎖の園』などで作家としての地位を築いていた

が、一九六五年になって色川武大と二人で「食うための小説ではない小説を書くために」同人雑誌を計画し、井出孫六・垣花浩濤・武田文章・太田経子や私たちに声が掛かった。やや遅れて梅谷馨一・越智道雄・諸田和治・黒井千次や多くの書き手が加わった。

この雑誌『層』の創刊号の割り付けを色川家でやることになって、たしか井出孫六・橋本武士を加えた四人が集まったことがある。このとき色川武大は、玄関に向かって右手の「離れ」を書斎にしていた。以前は別世帯の人が住んでいたように窺えた離れだが、空いた後に移ったのだろうか、家庭内で彼の地位が上がったように感じたものだった。

このときも主人公は留守で、遅く帰ってきた。いちばん先にきて、書き置きに従って上り込んでいた井出孫六が、親父さんに誰何《すいか》されるといった一幕があったようだ。

『層』は一九六五年十一月から七〇年九月まで十号出して終刊となった。スタートのときは色川武大が編集人、夏堀正元が発行人となっている。

色川武大は創刊号に小説「穴」を発表した。これは例の防空壕掘りの小説で、書き出しと結びの文は、『海』一九七八年三月号に載った「穴」と同じだが、『層』のほうが長くて重厚な内容だった。二号には編集後記を書き、そのなかに「何も書くことがない」というニュアンスの文があったので、同人誌の後記としては後ろ向きすぎるという批判が出たりもした。今読み返してみると、色川武大の一面を正直に表した好文章だったと思う。

『層』の三号以後に色川武大の執筆はなく、編集人の名も五号までで消え、九号以降は同人名簿にさえ見出せない。このころ、阿佐田哲也の世界が、色川武大を圧倒して急に膨張していたことを物語っている。

さりげなく冷静、かつ正確に

津島佑子

その年の秋、金沢を訪れるまで、〝色川武大〟なる人物について、私はなにも知らなかった。一九七七年のことである。

少し前に、東京の私のアパートに、ある電話がかかってきた。私の作品集『草の臥所《ふしど》』が泉鏡花賞に選ばれたのだが、それを受けるかどうか、という問い合せを兼ねた通知だった。もちろん私は、喜んで、受け取ります、と答えた。そして、実は受賞者はもう一人いて、それは色川武大という作家である、とも知らされた。すでに麻雀の世界を描く作家として高名なんだが、それとは別の新しい分野に取り組みだした、その第一作が評価されての受賞だという。そう言われてもなにしろ、私はなにも知らなかったので、ほとんど無関心に聞き流していた。

泉鏡花賞は、金沢市が主催している文学賞なので、授賞式も金沢で行なわれる。その頃、私の二人の子どもたちはまだ小さく、二人を私の留守の間、どうするか、式で着る服はどうするか、といった自分の、ひどく現実的な問題に追われて、一番肝心な、もう一人の受賞者の作品を読んでおく、ということをしないまま、私は授賞式の席に臨んでしまった。色川さんの受賞の挨拶を聞きながら、その大失敗に気づいたのだったが、もう遅すぎた。その気後れがあって、色川さんになかなか自分から近づけなかった。受賞の挨拶は、私にそんな緊張を与えるほど、印象深いものなのだった。なぜ、受賞した作品『怪しい来客簿』を書くに至ったか、をなんら誇張もなく、またよけいな謙遜もせず、できる限り正確に、一言一言を確認するようにして、語っていた。正確さを自分に課せば課すほど、結果的に、不器用な口調になっていく。受賞の挨拶としては、不向きな口調になっていくのだ。それを承知で、私とは違って、すでに他の分野で力量を認められている作家が、言葉を不器用に押し出しつづけている。

授賞式が終わり、夜はお祝いということで、内輪でお酒を飲むことになった。ホテルで一休みしてから街に出たのだか、その短かい休憩時間に、色川さんは十分ほど、完全に熟睡した、と言うので、まだナルコレプシーのことを知らなかった私は、ずいぶん変わった人でもあるんだな、と驚いていた。

街でお酒を飲むといっても、私はまわりによく知った人もいないし、緊張しつづけていた。次第に、一緒にいた人たちが酔いはじめ、なかにいた一人の男性が、どんなきっかけでそんなことになったのか、私に、しつこく一方的なことを言いはじめた。私の父親も小説家で、その父親に比べれば、私などクズである、恥かしいと思わないのか、というような言い分だった、と思う。なるほど、私はクズかもしれないが、受賞作品として私の作品を選んでくれた人たちに対して、頭からクズだと決めつけるのは、失礼な話なのではないか、と私は精いっぱい冷静に言葉を返した。しかし、相手は深く酔ってしまっていたから、感情的に、クズはクズだ、父親をおまえは踏みにじっている、思いあがりもはなはだしい、と決めつけつづける。

せっかくの受賞を祝う席なのだ。それを思うと、私も目がくらむほど、腹が立ってきた。なぜ、そんなことを言うんですか、ここでは私の父親は関係ないでしょう、と言いたいのに、腹が立ちすぎて、声が震え、眼がかすんでしまった。そこに、だれかの低い声が耳に響いた。

親への愛情は愛情として疑ってはいけないものだと思いますよ。他人がそれについて、言うべきものではありません。ねえ、そうでしょう。ぼくだってそうだし、あなただって、そうでしょう。だから、もうやめにしましょう。

私の隣りに坐っている色川さんだった。そしてこの言葉で、魔法のように、相手の男は肩を落とし、うつむいてしまった。

その時、自分が色川さんになにか言ったのかどうか、憶えていない。しかしこの時以来、色川武大という人物に、私が深い敬意を持たずにいられなくなったのは、言うまでもないことだろう。酒に酔った人を相手に、そのように冷静に、しかも突きはなすのでもなく、話しかけることができる人を、私は他に知らなかった。そして、今でも知らない。

東京に帰ってから、早速、色川さんの本を読みはじめた。それから色川さんの熱心な読者となった。その後、発表された一連の作品で、色川さん自身にとっても、父親というものが最も重い主題だった、と知らされた。

色川さんと直接、会う機会にも、時々、恵まれた。

ある時、相撲の切符があるので、子どもたちも一緒にどうですか、と誘ってくれたことがあった。こちらはもちろん、親子で大喜びだった。国技館で、しかし色川さんは私の子どもたちの行儀の悪さに、内心、うんざりしたのではなかったか。けれども、子どもたちは色川さんに仔犬のようにじゃれつき、色川さんも子どもたちを膝に抱いたり、肩を抱いたり、いやな顔など決して見せはしなかった。そうなると、子どもたちはどんどん、ずうずうしくなるものである。国技館の帰りに、寿司屋に寄って、おなかもいっぱいになったところで、私の上の子どもが色川さんに聞いた。

お母さんはおじさんが好きなんだって。おじさんはお母さんが好き？

私は子どもたちに、その日、色川さんに対して失礼がないように、大好きな小説を書く人なのだから、行儀よくするのよ、としつこいほど、言い聞かせておいたのだった。それをこともあろうに、〝好き〟という言葉だけを取りだしては、聞き捨てならないことになってしまうではないか。私はうろたえて、赤くなった。色川さんはしかし、その程度のことで動揺する人物ではないので、まじめな口調で、ああ好きだよ、と答えてくれた。わあ、好きだって、お母さんのこと好きだって、よかったね、と子どもたちは二人でにぎやかに騒ぎだした。

それから三年ほど経って、私の下の子どもが突然、他界した。しばらくの間、私は小説を書けなくなっていたが、やがて無我夢中でひとつの作品を書きあげた。それを機に、友人たちが小さな会を催してくれた。色川さんはその時、小説を書くことを相撲の勝負にたとえた挨拶をした。どちらかと言えば、しどろもどろな挨拶だった。以前、私の子どもたちと相撲見物した時の記憶と、その挨拶が関係あったのかどうか、私にはわからない。そしてその時が、色川さんと会う最後の機会になってしまった。

個人的な、この程度の出会いに、特別な意味など、あろうはずはない。作家についてなにかを語るのなら、作品のことを語るべきなのだ。そうは思うのだが、同じ時間を偶然、共有し、さりげなくそのまま遠のいていく、ということに、その時間の延長線上に今でもまだ、生きている者として、やはり、特別な思いを持たずにはいられなくなる。そう言えば、いつだったか、私がなにかを話している時に、その〝やっぱり〟は正確には、どういう意味なんですかね、と色川さんに追求され、困惑した、ということもあった。

『狂人日記』と私

佐伯一麦

一時期僕は、電機工場での昼休み、ただっ広いコンクリートの床の隅に毛布を敷いて寝そべり、文芸誌を読む習慣を持っていた。

そうした環境での読書は、自ずから作品も厳しく選別される。読み終わって、コンクリートの床に叩き付けたくなるような作品も多かった。といっても、あくまでも僕個人の内なる篩《ふるい》によるものに過ぎないのだが。

その頃読んだものの中で、圧倒的に印象にのこっているのが、色川武大の『狂人日記』だった。毎月送られてくる「海燕」のその連載を、僕はそのような姿勢で、文字通り、寸暇を惜しんでむさぼり読んだ。

「海燕」の新人賞を取ってデビューしたものの、当時の僕は一年半近くの間作品も発表しておらず、また工場での労働に追われて、新しい作品を書く余裕もなかった。そんな生活の中で、毎月決まって校了明けの月初めになるとそろそろどうですか、と様子窺いの電話をかけてくる編集者が二人いた。新潮社のK君と、福武書店のO君である。色川武大の連載を担当していたO君とは、その都度、『狂人日記』について語り合う習慣があった。その会話が、あの頃の唯一の文学的な営みだったという思いが、今でも僕には強くある。

『狂人日記』が本になった年、この一年の間に読んだ本のアンケートを求められたとき、「この一年に購入した唯一の本」として『狂人日記』一冊のみを挙げた記憶がある。

工場と色川武大との取り合わせは、いささか奇異に映るかも知れないが、僕の中では、重なり合う所が多分にある。いわゆる熟練工といわれる職人たちには、どうしても人間の枠からはみ出してしまったような部分がある。

工場に本部さんという退職まぎわの老工がいた。彼の制御盤の配線の技術は、ホレボレするものがあった。といっても取り立てて配線が綺麗であったりするわけではないから、一寸見にはわからない。はじめは、僕もそうだった。だが、配線の綺麗さを誇るような職人ならザラにいるのである。本部さんは、とにかく仕事が早かった。それでいて、要所要所の勘所は、しっかりと押さえてあった。仕事の内容を深く知るようになればなるほど、凄味さえ感じとれた。結局、検査での配線間違いは、時間をかけてじっくりと作った職人たちよりも、ずっと少なかった。実用一点張り、外目にはいささか不恰好に見える本部さんの盤を「あれは職人が作ったものじゃない」と酷評する同僚たちもいたが、本部さんはそんな職人の無用のプライドなどとっくの昔に捨ててしまったというような顔をしていた。同時に、そうしたプライドが物を見る目を曇らせることがあることも、彼は知悉していたのだろう。僕は、阿佐田哲也のギャンブル小説からも、それに似た印象を受ける。

本部さんの楽しみといったら酒だけだった。残業の後、工場の食堂で一升瓶から茶碗に注いだ冷や酒をぐいぐい呷る。車を運転しない僕は、工場で一人、その酒に付き合った。酒を飲んでいるときの彼の表情、しぐさ、それを見ているのがたまらなく好きだったからだ。最初の日、駆け付け三杯ならぬ五杯やらされ、二人でアッという間に一升瓶を空にしてしまったときの本部さんのポカンとしたあきれ果てたような顔といったらなかった。

本部さんは左手の小指がなかった。「二十八の歳に、女房と一緒になって、堅気になろうと思ってここの先代の社長に世話になることにした」問わず語りに、そんな話を聞くこともあった。そんなとき僕は、いつも、色川武大の世界だなあ、と嘆息した。容易にそんな過去を窺わせない本部さんを見ていると、色川武大の最後期の作品「オールドボーイ」の主人公を僕はよく思い出したものだ。

僕は僕で、工場の仕事にのめり込むようになった。時間が惜しくて、休日も出勤し、やがて工場の床にゴロ寝して泊り込むほどになった。それは、勤勉などというのではなく、何か異様な情熱につきうごかされていたとでもいうしかない。本部さんの技術を盗みとることに、僕は懸命だった。のめり込めばのめり込むほど、一般的な工員というものから外れていってしまうという意識があった。

『狂人日記』の単行本は、そんな夜、工場のコンクリートの床の上で読んだ。

事情があって、その頃は妻子のいる家には帰りたくなかった。読んでいて、悲しいわけでもないのに、主人公と共に、よく涙が出た。自分もふくれた人間という奇怪ないきものの感触を有無をいわさずいきなり素手で握らされてしまったような気がして、怖しかった。

生前の色川さんには、二度会っている。話したことはなく、あくまでもお見かけしたというに過ぎないのだが。

初めは、十八の時、神楽坂でだった。大学卒だと学歴を偽わって週刊誌のフリーライターの仕事をしていた僕は、編集者と一緒だった。昼飯をオゴってもらった帰りだったたと思う。飯田橋の方から坂を上って来た頭も身体も大きな男に編集者はうやうやしく黙礼をし、「阿佐田哲也だ」と僕に囁いた。阿佐田哲也は、編集者の社のドル箱的存在の執筆者だった。そのとき僕は、咄嗟に、「あれが、色川武大か」と応じていた。『怪しい来客簿』の作者とはこの人か、と心の中で思った。

『怪しい来客簿』は、僕が上京してすぐ転がり込んだ一と回りほど年上の高校の先輩である推理小説作家の緑川深氏のアパートの本箱にあり、すすめられて読んだ。当時フリーライターをしていた彼は、この本を絶讃していた。読みはじめてすぐに、僕も強く魅き込まれた。例えば、冒頭の『空襲のあと』という短篇のこんな箇所。

「足が万年床に触れた。その次に出した足が、ぐにゃっと柔らかい、しかしごりごりしたものを踏んだ。ぎゃっという悲鳴を私はきいた。

私が踏んだのは老婆の顔であり、ぐにゃっと柔らかいものはその鼻であった。私は今でもそのときの足裏の感触を思いおこすことができる。ぐにゃっと柔らかい、しかしごりごりした存在感の塊であった彼女を」

人間という奇怪ないきものの感触をこれほど肉感的に捉えたものを僕は他に知らない。それはまた、常に未知の連続であるはずの現実感の表現でもあると思う。僕は、色川さんのどの文章からも、「ぐにゃっと柔らかい、しかしごりごりした存在感の塊」を感じる。作家だなあ、とつくづく思う。

二度目にお会いしたのは、「海燕」新人賞のパーティーでだった。

現在、僕は、円山町にあるマンションの一室でこの小文を書いている。緑川氏の現在の仕事場に相変わらず居候の身で、ここから電気工事の現場に出たりしている。書きながら、近くのコインランドリーと往復していて思い出した。

初めての長い小説を書くために、新潮社のクラブに長逗留していたとき、僕は三日に一度の割合で色川武大の生家の前を通って、コインランドリーに通ったものだった。

フウ

井上ひさし

色川武大さんが「持ち時間が残り少なになってきた。これからはもっと文学に腰を入れたい」と宣言して岩手の一関市に居を移されたことは、全集の読者には「常識」に属することがらといってよいだろう。色川さんがどのような経緯で一関市を選ばれたのか、その経緯については疎いが、この土地を多少は知っている者の一人として（わたしは中学三年の春から秋にかけてこの町に住んでいたことがある）、色川さんのたしかな目に舌を巻いたものだった。一関市は海の幸と山の幸とに恵まれた水のよいところである。大気は清らかに澄んで四季の巡りも穏やか。その上、賢治や啄木の生地に近く遠野物語のふるさととも山脈《やまなみ》がつながっており、文学的な霊気に充ちた土地でもある。なによりも人の情けが篤いところだ。もとより少しは寒いかもしれないが、あの静かな町で仕事をなさるのはすばらしいことだ、よいところを選ばれた。色川さん一関市に移住の知らせを聞いたとき、そう思った。もっとも、天がこの町で仕事をすることを色川さんに許さなかったのはどう考えても口惜しいことであったけれど。

「人の情けが篤い」と書いたが、それは色川さんが亡くなられてからひそかにこの町で続けられている地道な、しかし、たしかな一つの運動を見ても明かだ。どんな運動かというと、町にのこっている大きな酒蔵を色川文学記念館にしようというもので、おもな陳列物は孝子未亡人が寄贈された色川さんの映画やレコードの膨大なコレクションである。

「色川さんは自分たちの町を仕事場に選んでくれた、それならばそのことにお返しをしよう」と、町の色川文学の愛好者たちが講座や講演会を開いてはその収益を記念館建設のための資金として積み立てているし、その熱意はやがて行政側を動かさないではおかないはずだ。近い将来、きっと立派な記念館ができあがることだろう。……と、ここまでは報告である。

ところで、色川さんと初めてお目にかかったのは、女優の渡辺美佐子さんの『化粧』の幕が明いて数日後のある夜のことで、終演後の三越ロイヤルシアターの楽屋に色川さんが入ってきた。「色川です」「井上です」「いや、いい芝居でした」「それはどうも。作品はいつも読ませていただいております」「どうも」と型通りの挨拶があって、順番としてはわたしが何か言わなければならないところなのに話の接ぎ穂を失ってしまった。作品の感想を述べるなり、食事に誘うなりすれば話は繋がるのだが、人怖《お》じのする質《たち》で次の一句がどうしても出てこないのだ。これだから友だちがなかなかつくれないのであるが、その夜も言葉に窮して立往生してしまった。もっともわたしの様子を見ていた美佐子さんとさる雑誌の編集者が、「みんなで食事でもしましょうか」と続けてくれたので話はうまく繋がり、劇場に併設されている食堂で四人でビールを飲んだ。

色川さんがアメリカ映画のコメディものやミュージカルものに詳しいことは、その作品から見当がついていたので、話頭はおもにその方面のことに集中したが、ひとことで言えば、「うーむ、これはおそるべき好敵手」という印象を受けた。たとえば、『月光価千金』というジャズ小唄（と色川さんは言っていた）の話になったとき、巷間で流布されているエノケンの訳詩、「ただ一人さみしく悲しい夜は／帽子を片手に外へ出てみれば……」は、あまり感心しないということで意見が合った。あれはどう考えても岸井明の唄う歌詞、「お月さまいくつ、十三、七つ／あたしのあの娘《こ》も、十三、七つ」の方が感じが出ている。そのほかにも「ガーシュインがわからないとブロードウェイ・ミュージカルはわからない」とか、「フレッド・アステアは完璧な形式主義者で、ジーン・ケリーは体育会の汗臭い天才」とか、よく意見が合った。

二人とも『虹の女王』というアメリカ映画が好きだということもわかった。これはブロードウェイのスター、マリリン・ミラーの伝記映画で、作品として別にどうこう言うようなものではないが、中でレイ・ボルジャーによって唄われていた『フウ』という曲がよかった。この曲について後に色川さんが次のように書いている。

〈「フウ」は英語の Who?——のことで、夢に出てくる何だか正体のわからない理想の女のことを唄ったもので、ジェローム・カーンの曲。／私の子供の頃は誰も彼もが実によく唄っていた曲で、日本語に意訳した歌詞もたくさんあるが、総じてこれも内容がない。／くどく念を押すが、そこがいいのである。〉（『唄えば天国ジャズソング』）

主演はジューン・ヘイヴァで、劇中、彼女は「ルック・フォ・ザ・シルヴァ・ライニング」という唄をうたう。この唄はミラーのテーマ曲で、気分が落ち込んだときは雲の峯の光り輝くあたりを見るようつとめよう、陰鬱な雲の向こうには太陽が照っているのだし、やがてあの雲も流れ消えて、その太陽が顔を出してくれるはずだ、悪いことはそう長くつづくものではない、だからできるだけものごとの明るいところを見るようにつとめよう……と言った式の他愛のない唄だが、色川さんは突然、この唄を口遊《くちずさ》み出し、わたしもそれに唱和した。この時分は、例の必要以上に人怖じするという悪い性格はどこかへ消え、色川さんの温かくて深いふところに完全に飛び込んでしまっていた。

編集者が「ぜひともミュージカル映画の対談を」と言ってくれたが、その企画は実現しなかった。こんな途方もない物知りと対談するためには相当の準備がいる、そう思ってわたしが二の足ばかり踏んでいたからだ。いまさら後悔してもはじまらないが、色川さんと対抗しようとして出渋っていた自分が恨めしい。

それにしても、ばくち打ちで、ばかに物知りで、戯文の名手で、なおかつ小説の極北を究めようとする書き手でもあった色川さんとは、いったいなにものであったのか。フウ？　その答はやはり全集の中にしかないだろう。一関市の有志たちと力を合わせて記念館をつくる仕事をつづけながら、わたしはこれからもフウと呟やきながら全集を何度も読まなければならない。

宝石のオモチャ箱

立川談志

色川武大、この作家、この〝兄貴分〟と私が勝手にきめた人生の相談相手に死なれたときには心底《しんそこ》困った、と私は書き喋ったが、現在《いま》もその言葉通り困っている。

ちなみに私の人生の師匠は、故紀伊國屋書店の社長田辺茂一氏であり、師匠に死なれその次に選んだ、師匠という名の兄貴分が……いや兄貴分の師匠が色川さんであった。

とこう書いてはいるが、このような文句は前にもどこかに書いているはずだ。特に文庫本になった『色川武大の怪しい交遊録』に私の故人に対する想いの丈は書いたから、あれで充分であり他にもなにか、いくらか言い残しもないこともないが、別にどれほどのこともない。

ということは、この文章は全て駄文である。下手という意味ではない、第一どれが上手いのか下手なのか、私にはワカラナイのだから……。

ま、それはいい、駄文とは無駄の駄、そうだハッキリ無駄文と言えばそれで済むことだ。

私の読書の対象は特定の人をのぞいて論理はいっさい読まない。世の中能書きをこく奴あ、たいがい嘘だと思っているし、間違っているとも思っているから相手にしない。それに昔の人の考えなんてなあ知識が狭くて未熟だから、現在《いま》あ考えりゃあ何とも下らない、つまらないところでモノを考え、悩んでたもんだと思うから、面白くも何ともないし、それに小説なんてものも、所詮ハラハラさせてそれを治める、てのと、人間の感情とか心理を作家が勝手に解釈して遊んでるだけのものと、歴史上のあの人物はこんな風だったろう、なんという作家の思い入れだけだし、学術書は関係ないしむずかしい本はロクなもんじゃあないし、若い奴等の本なんか読んだって合やしないし、作家なんて妙におだてられてるから仕末のワルイ馬鹿が多いし、志ん生の落語のほうが面白いから駄目なのである。

私の対象は過ぎし昔の芸人達と、その人達が住んだ処、どんな事をいっていたか、どんな風体《なり》をしていたのか、どんな女だったのか、どんな芸を演ったのか、それを、それらを知りたいだけで、作家の能書きゃいらないのだ。

なら書いた奴、書かれた対象は芸人であれば誰でもいいのか、といわれりゃあ、いまやもう誰でもいいと答えられる。嘘っぱちだろうが自慢噺だろうがもうなんでもいい、よほどの馬鹿芸人の書いたものでなきゃあいい。

だって、それを期待し、そこに没頭させてくれた色川武大がいなくなったんだもの……。

〝俺は非常に淋しい淋しい〟と財津一郎で叫んでいる。

色川さんの芸人を書いた本に、私は能書きを感じないのだ。あの通り、あのように生きた色川さんの幼年期、青年時代に、なんでまたあんな暮らしかたをしたのか、という云い訳を感じない。どこかで当然書いてはいるのだろうが……。

ついでにいうが、私は色川さんの本をあまり読んでない。何だかよくわからないが送ってきてくれた精神病の本があって、読売かなんかの賞をもらったという本が珍しくチョイ興味を誘ったぐらいで、麻雀の世界もさほど知らず、出目徳の了見も、そこそこにしかワカラナイ。

だいたい人間は相手のことを理解なんざあ出来るもんぢゃあないし、そしてその〝ワカラナイ〟ということを正当化して生きているのが落語立川流家元の談志《あたし》でもあるし……。

その私が文句なく飛び込むのが、くどいようだが「あちゃらかぱいッ」の世界なのだ。

土屋伍一に林葉三に多和利一に……。その舞台の浅草にあのマイナーの一連が私にとって英雄の如き姿で迫ってくるのは何なのだろう。きっとあれが芸人という、常識というグロテスクな世界に住めない人達だからであろう。まして色川大兄《たいけい》のあの過去、あの性分からすればどこかでヒガミが暗い陰となって出てきそうなものに何故か私にはそれがみえない。色川さんの弱さというのが、優しさとなって相手に受け取られるからなのであろう。

こんなこと書いたって仕方がない、無駄である。一口にいやあ他人の人生なんて理解《わか》るわけがない、理解しないと己が不安になるから理解しようとして、〝理解した〟と思っているだけである。

唯、その理解の度合いが、その人その人で勝手に、それぞれが私が深い、といっているだけである。

してみりゃあ私が勝手に作り上げた私の色川武大であるし、その武大像は、おそらく当人とはまるっきりかけ離れたものかも知れない。でも、こう書いていてことによると武大兄《アニ》さんは、〝いや、そんなこともないよ〟と、あの顔でニヤッと笑っていってくれるかも知れない。つまり、あのお人柄で……。

そうだ、お人柄なのだ、色川武大は、ああいうお人柄なのだ、誰にでもよくしてくれたそうだが、現にあの兄さんの嫌な顔を見たことがなかった。愚痴も聞かなかった。むずかしい本も書いたらしいが、私に読める本も沢山書いてくれたし、私のことも書いてくれた。私の落語に期待もしてくれていて、談志が六十になったときが楽しみだネ、ともいってたと聞いた。

兄さんの原稿を書いている机の下には化物がいて、よく遊びに出てくるから
その化物の相手をしてやっている、と書いてあるのを読んだ。
頭の格好がイビツだったから常人とは違うんだ、と勝手にきめて、あの行動
となったといっているし。
浅草と、芸人と、暗い処、にのみ住むようになったということだし。
自閉症のような己だけの世界としか考えられない、野球ゲーム、映画製作
ゲーム、等々も常人では考えられない凄さだし……。
レビューに、映画に、寄席に……つまり大衆演芸と称するこれらの世界に入
りびったっているときにのみ得られた若き頃の安らぎ、と読める部分などはど
こを読んでも、文句ない、また〝よく識ってらあ〟である。それもそのはずで
そこに一緒にいたのだもの……本当のことなんだもの……。
そこに一緒に居た、という色川さんの芸人との事実、それも〝あんなとき
に〟〝あのときのあそこに〟……そして〝あの人と、何とあんな人とまで……〟
と私の興奮は高ぶるままである。
私の色川武大兄《アニ》さんは、先生は何ともいい人で……いい人とは露骨にいやあ

こっちにとって都合のいい人のことで、私の識りたいことを書いてくれて、聞きたいことを教えてくれて、行くとごちそうしてくれて、飲ませてくれて、相談に乗ってくれて、私の統《ひき》いる立川流落語会の顧問にもなってくれていた。

なにそれは私にばかりではない。色川先生を知る全ての人がそういっているのだから、早く死ぬ訳である。あれぢゃあ身体がいくつあったって持ちゃあしない。死んだほうが楽である。

気の毒だったなあ女房で、まわりから五月蠅がられ、亭主の勝手ともみえる他への親切に辟易し、しかしその相手は色川武大なのだし、ずいぶんと我慢もしたろう結果にさぞや、無念と、安心と、楽になった切なさ、淋しさを味わっているだろう。

と、こう勝手気ままに書いてはいるものの、しょせん私の腹ン中には〝他人のことなんか理解《わか》らない〟の一言で、これらは全て勝手な解釈で、読む奴が読んだら怒るだろうし、あきれるだろうが、それとて、そっちの勝手なのだ。色川さんの六十年の歴史をたどったって、その両親の代を調べたって正解なんて出るものか。全て誤解だろう、まあ、いうならば色川先生にとっていい誤解か、嫌な誤解かだけだろう。

精々誤解でないとすりゃあ、〝作家であった〟〝麻雀好きであった〟〝芸能関係の資料が山の如くあった〟ぐらいはいえようが、はたして作家と当人が思っていたのか、麻雀が本当に好きだったのか、例えいくら好きでも万度好きな訳もなし、資料を山のように集め、持っていたというけど、捨てられなかったのかもしれないし、ま、女房がいたから亭主だったのだろうが、色川さんが女房だったのかも知れナイよ。

そんなこたあ、当人でなければわからナイ、いや、当人にもワカラナイ、〝一体俺は誰だろう〟と、「粗忽長屋」が人間なのであろう。

だから、それをきわめるために色川の兄さん、いろいろ書いたんだろうなあ、そして〝何よりも浅草とそこの芸人達が好きなのが俺なんだよ〟と言いたかったんだろうなあ。

と、私はこう思っている。つまり、色川武大はこういう人だ、というのではなく、色川武大を、こう思い入れているのが立川談志なのである。

しょせんどっかで人間思考をストップしなければどうしようもなるまいに。

なら、こういってもいい、〝色川さんて、目のギョロっとした人でしょう〟であり〝すぐ眠っちゃうのよネ〟でいいのだ。

それにしても色川さんに対して未練は山程ある。

自分の持っていた宝石箱を、いやオモチャ箱を、私が好きなのを知ってるくせに、チョイとみせてくれただけで、それ持って遠い処に行っちゃった。

〝兄さんよォ、もう一度「あきれたぼういず」を見せてくれよォ〟

〝兄さんの箱のなかに入ってるシミキンを見たいよォ。二村定一もだよォ〟

〝アスティアとキャグニイを見たいのに……〟

〝兄《アン》ちゃん大人だったから他の仕事もあったのだろうが、もっと俺と遊んでほしかったよォ〟

俺だって兄ちゃんの知らないオモチャも持ってるんだし。

きっと兄《アニ》さんが、愛してやまなかった御舎弟の如くに、俺と遊ぶのも楽しかったはずなのに……ポパイの石田一雄を俺は兄さんより知っているのだし、教えてやるつもりでいたのに、フィーリングが似ていたのに……。

この想いは映画やヴォードビル、ジャズ等で和田誠が色川武大にそう思っているような気がする。

私自身、己れの落語を語る楽しみはまだまだ山の如くに残っていて、それと対決している幸福な日々ではあるが、他の芸のジャンルにおける私の楽しみは現在はない、いやあってもマレである。現在がなくて、未来に期待は出来ない、となりゃあ、過去に戻るより手があんめえに……。

その想いを入れてるはずの、「宝石のオモチャ箱」がなくなっちゃったのだ。

〝氣色〟

伊集院静

梅雨の最中、新潟県・弥彦村へ行った。

上越新幹線を燕三条駅で降りて、タクシーの運転手に、

「競輪場へ」

と告げた。

「ずいぶんゆっくりのお出ましだね」

運転手は言って、国道を走り出した。

小三十分もしないうちに青田の中の農道に入った。

水田は六月の青い空を映して、若い苗は日本海からの風にそよいでいる。

「いいところに競輪場があるんですね」

かたわらに座るT氏が言った。

「お客さん、田舎の競輪場だもの」

話好きなのか、運転手は私たちの会話に入ってくる。

「しかしえらいところに競輪場をこしらえたもんだな……」

助手席に乗ったK氏がフロントガラスにひろがる田園風景を眺めて言った。

運転手がK氏に話かけた。

「皆、泊りかね」

「そうだが」

「宿はどこかね」

「観音寺温泉の何とかと言ったな」

「あんなとこにかね」

「あんなとこって、何？」

「ひどいの、その辺りは」

「いや、普通ってとこだ。競輪場の近くにもっといい宿があるし、岩室温泉もすぐだよ。」

運転手は客引きの余禄でもあるような言い方をした。

「値段が折り合ってるんだよ」

私が言うと、

「やはり競輪に全部を賭けたいくちかね」

と彼はバックミラー越しに眼鏡の奥の目を私にむけた。

「そうだな、ぎりぎりで来てるしね」

「ぎりぎりか……、負けられないわけだ」

「負けて大丈夫な奴はいないだろう」

「そりゃ、そうだ」

やがて前方に弥彦神社の大鳥居が見えた。

「あれが名物の大鳥居だ」

運転手があごをしゃくった。

「こりゃ大きいや」

「たしか、弥彦は昔、参拝の客が将棋倒しになって大勢死人が出たんだよね」

「うん、たくさん死んだ」

鳥居をくぐり抜けると、水田の中に少年が二人、膝まで足を埋め両腕を泥の中に突っ込んで、何かをまさぐっていた。

周囲には少年たちの姿しか見えず、ぼんやりと眺めていたら、ふたつの背中に陽差しが照り返すさまが、ざり蟹のように見えた。

――鰻でも捕ってるのだろうか……

少年たちのいる水田の隅に、大きな木が一本あった。

桜の木だった。

「弥彦の桜か……」

そうつぶやいた瞬間に、いつのことだったか思い出せないが、誰かに弥彦の桜が上質だと教えられたような気がした。

競輪場は全国から博徒が集合していた。

去年弥彦で四日制の競輪が組まれた。他の競輪場と比べて異様な売上げを示していた。

弥彦は博徒たちを引き寄せる何かがあるのかもしれない。

遊びが終って、宿に着いた。

美しい顔立ちの女性と、仲居があらわれた。

すぐに風呂に入り、

「いい宿じゃないですか」

「だね、女将も美人だしな」

「あの仲居も色白でいい」

と三人で話していた。

夕食を摂った後、手持ち無沙汰になり、なんとなく麻雀になった。三人打ちのルールがよく思い出せないので、大阪の友人に確認した。二翻《リャーハン》縛りが少し変則だが、関西ルールの方が金の計算がシビアーなので、打ちはじめると結構面白かった。

途中、緑一色《リュイーソウ》ができそうになったが、Tが安手で和《あが》ってしまった。

夜十二時に終って、二人が部屋へ引揚げた。

煙草の煙りが天井に溜っていた。窓を開けた。山の風が流れ込んできた。ウイスキーを飲んでいると、グラスに白い粉のようなものが降って来た。

見上げると、一匹の蛾が天井に飛んでいた。電球の周りに蛾が近づくと、部屋の灯りが蛾の羽根の影で揺れた。

万華鏡の中を覗いたように、手元のグラスがまだらな影をこしらえる。

昼間見た二人の少年の姿が浮かんだ。

ざり蟹が蠢いていた。

青田、水、少年、ざり蟹……、桜の木。

「あっ、そうか」

パズルのように昼間の風景を追いながら、私は声を上げた。

「色川さんだったんだ」

同じような風景の中を、私は色川さんと競輪の旅に出かけた日があったのだ。

たしか、青森競輪場へむかうタクシーの中から、水田に足を埋めた少年の群れを見たことがあった。その時、畔道のむこうに堤防があって、葉桜が夏の陽差しに光っていた。

「何をしてるんでしょうかね。あの少年たちは？」

「鰻……」

色川さんはぽそりと言った。

「鰻ですか？」

「違うかな」

「わかりません。あっちは川になってますね。鰻かな、やっぱり」

タクシーが競輪場へ続く坂道にさしかかると、また葉桜の並木があらわれた。

「桜が多いですね」

「そうだね」

「この次は桜が咲いている時もいいかもしれませんね」

「桜と言えば、弥彦の桜がいいんだよ」

色川さんは唐突に言われた。

「弥彦って、新潟の弥彦競輪場ですか」

「うん、弥彦の桜がいいんだよ」

「なら、来年の春は弥彦にしましょう」

「うん、弥彦にしよう」

色川さんがどこかの場所にこだわるのは珍しいことだった。

――なんだ、そうだったのか。

今回の弥彦への旅を執拗にこだわっていた自分の気持ちが解けたような気がした。

「えらく今回は弥彦に執着してますね」

T氏が言っていた。

「そうかな……」

「ええ、珍しく前準備をしてますよ」

たしかに私はかなり前から、弥彦へ同行できる友を探していた。

「弥彦はいいところなんだよ」

「競輪でしょう」

「それもあるけど、弥彦ってところがいいんだって……」

電話のむこうで友人たちは笑っていた。

色川さんが亡くなった後、しばらくして私は夫人から、色川さんが私と弥彦に行けなかったことを悔んでいたようなことを言われた。

言われてみると、たしかに私には弥彦行きの約束をした憶えがあった。だから余計に申し訳ないことをした気がした。三回忌に黒鉄ヒロシ氏と井上陽水氏と谷中の墓へ参った折も、そのことが胸の隅にずっと残っていて、墓に手を合わせていいてもうしろめたい気持ちがした。

色川さんが亡くなる前後から、私は小説の仕事が忙しくなり、競輪場から足が遠去かった。麻雀も極端に数が減った。

琵琶湖・高松・久留米・小倉……と、たまに出かける競輪の旅は西ばかりが続いた。

競輪場にいてもなぜか私は自分の好む賭け事と違うことをしているように思っていた。

理由はわからなかった。

ギャンブルに趣向など必要ないと思っている私が、漠然とした不安のようなものを感じはじめていた。

そんなものが果して存在するのかどうかはわからないが、私の中に一本の薪のような、ギャンブルの杭があって、それがたっぷりと水をふくんで、沈んだままになっている。

色川さんと二人で旅をしていた頃は、その薪のようなものが音を立てて燃えていた。

「どうだ次のレースは行けそうか」

「たぶん」

「そりゃいいな」

そんな会話をしながら、私は色川さんのそばでなりふりかまわず賭け場を睨んでいた。

夜の二時を過ぎてから、私は風呂に立った。

階下は灯が消えて、人が眠っている気配すらしなかった。

私は裸になって、冷たい洗い場に座った。湯の音が響いていた。私は湯煙りも失せた湯舟を見ていた。

ずっとそこにたたずんでいるうちに奇妙な安堵がひろがってきた。

——ここならずっと居れそうだ。

小説も、競輪も、他者との関係も何もかも失せてしまえばいい。

まさかこんな場所で、こうして裸体のまま、いい歳をした中年がたたずんでいれるはずはないのだが、私はできうるなら、ここへじっとしていたい気がした。

こうしているだけで誰かと同じものを共有できている。誰かとは、やはり色川さんなのだろうか……。

翌朝、食事の支度ができたと言う女性の声に、私はのそのそと向かいの部屋へ行った。

二人はすでにビールを飲みながら、競輪の検討をしていた。

「目が赤いね。仕事でもしました?」

T氏が笑って言った。

「だといいんだが、何をしてたか、よくわからないんです……」

正直なところ何時に眠ったのか憶えていなかった。

「ほら、絶好の競輪日和ですよ」

K氏がすでに陽が高くなっている杉林の方を指さして言った。

夏のような日差しだった。

私は席について、目の前の料理を見た。大きな鰺の干物の骨が白く光っていた。気味が悪かった。

「まだ寝呆けてるな」

K氏がビールを注いでくれた。

「弥彦はいいとこですね」

T氏が言った。

「氣色が悪いねえ」

私がつぶやくと、

「気分が悪いの？」

とK氏が聞いた。

「そうじゃないんだ。この鰺の骨、少し大き過ぎませんか」

顔を上げると、二人がじっと私を見ていた。

「やっぱり昨夜《ゆうべ》飲み過ぎたんだろうな」

私は作り笑いをして言った。

「あれから飲んだの？」

「うん、少しね」

迎えのタクシーに乗っている間も、あまり外を見たくなかった。明る過ぎて、怖い気がした。

「ほら、あいつ××だ」

競輪場でよく見かける作家の名前を二人が言った。

「本当だな、あれもこまめにやってるんだ」

私は競輪場へむかう人の群れが弥彦神社の森影に入って行く姿を見つめた。

周囲が杉木立の影で濃灰色になると、窓から冷やりとした風が流れ込んでうなじを抜けた。頬に何かが当った気がして、指で拭った。

指の腹を見ると、花粉のような銀箔がついていた。

木洩れ日にかすかにそれはきらめいていた。

——綺麗な色だ。何だろう？

と思った。

昨夜の蛾の鱗粉のような気がした。

「どうしました？　まだ気分が悪いんですか」

T氏が私を見た。

「いや、気分は初めっから悪くはないんだ。どう、弥彦はいい？」

「いいですよ。何だか、いいですよ、……」

「何だか、いい？」

「ええ」

私たちの会話を聞いて、K氏が笑った。T氏も笑った。私もつられて、笑い出した。

――氣色がいいんだ。氣色のいい人だったんだ。

私は胸の中でつぶやいて、車から降りた。

男たちが列をなして森の中へ入って行く。

私はそこにしばらく立って、群れの中に誰かを探していた。

T氏の呼ぶ声がした。

【巻末資料】

【色川武大　年譜】

――昭和四（一九二九）年

三月二十八日、東京市牛込區矢来町八〇に、父武夫（四十四歳）、母あき（二十四歳）の長男として生まれた。父は退役軍人。

――昭和十（一九三五）年　六歳

四月、東京市立市谷小学校入学。同月、弟正大誕生。

――昭和十六（一九四一）年　十二歳

四月、東京市立第三中学校入学。十二月、太平洋戦争に突入。

――昭和十八（一九四三）年　十四歳

三年生になり、勤労動員。兵器廠や日本マグネシウム志村工場に配属。

――昭和十九（一九四四）年　十五歳

マグネシウム工場罹災。日本特殊鋼管赤羽工場に配属。素行不良、学力劣等のうえに、秘密発行のガリ版誌が工場配属軍人に露顕、無期停学処分。

――昭和二十（一九四五）年　十六歳

三月、同級生卒業。無期停学は転校も不可、進級でも落第でもなく、半端な存在として中学に在籍の筈も、戦災の混乱で工場に顔を出さず。奇妙なことに卒業式の写真にちゃんと写っている。停学が許された覚えもなし、曖昧なままに片づいたのか。しかし籍がなくなると徴用にとられるので、あくまで半端に在校している形だった。一、二度、工場に顔を出したことがあるが、下級に編入されず、朝の点呼も一人立たされた。八月、敗戦。これ幸いと中学を離れ、焼跡を徘徊。父の軍人恩給無くなり、インフレ下生活困窮。かつぎ屋、ヤミ屋、街頭立売りなどやる。また、ヤミ商事会社、薪炭配給所、通運会社、新興出版社などに少年社員として勤めるも、いずれも見習い期間が保てず、博打で喰いしのぐことを覚える。まもなく家出同然で各地を徘徊、この間、いつどこで何をしていたか、本人の記憶も混沌、年譜の形に成し得ず。

——昭和二十五（一九五〇）年　二十一歳

いつのまにか乱世おさまって組織社会になりつつあり、単騎のしのぎは苦しく、加えて新設の競輪競馬に客をとられて、町で博打をする者もすくなくなり、気力、反射神経早くも衰えを示し、身心ともにがたがたになる。かつての同級生は大学を卒業する頃で、おそまきながら自分も、市民社会の尻っぺたについて出直すことを思いはじめる。生家に逃げ帰り、居候的存在で体調を整え、新聞の三行広告を見て、連日勤め口を探し歩く。給料に望みなし、とさえいえば簡単に入社させてくれる。はじめは酒造界の業界紙だったと思う。学歴職歴なしの最低ランクからのスタートであるからには、一ヶ所に淀むのはやめようと思い、似たような社を転々とす。面接に行くのを面白がり片端から出かけ、一度に三社も四社も入社し、取材記者は外出の仕事が多いためになんとかかけもちが利く。かと思うといっぺんに退社したり。全部半端でどこからも給料貰えぬことあり。まだ半分はギャング体質で、金に困れば勤務先の経営者を博打にひっぱりこんで潰せばよいと思っていた。この間の勤務歴もほとんど記憶しておらず。

——昭和二十六（一九五一）年　二十二歳

この頃、偶然、書店売りの娯楽雑誌の編集

部に入る。共栄社という小さい会社だったが、ずいぶんと文化的な職を得た気になった。老編集長中村博氏が息子のようにかわいがってくれ、珍しく長居して二年余も居る。

――昭和二十八（一九五三）年　二十四歳

淀むことを嫌って、桃園書房に転社。この頃から似たような娯楽雑誌に売文すること を覚える。もっとも中学時代のガリ版誌で小説めいたものを書いたことが忘れられず、折りあるごとに同人誌に入れて貰ったりしていたが〈庄司総一等の〈新表現〉、有馬頼義等の〈文学生活〉〉あまり書けず、また文筆で立とうなど思っても居なかった。しかしこの頃、藤原審爾等のチモフェーエフ文学理論勉強会に入り、手探りで自分流の小説を作ろうとしはじめたが、なかなか進まず、珍しく毎日朝方まで勉強めいたことをして社業をおろそかにする。

――昭和三十（一九五五）年　二十六歳

年のはじめ、桃園書房をていよくクビになる。勉強会の延長で同人誌〈握手〉をやり、夏堀正元、小田三月、細窪孝等を知る。一方、生活費稼ぎに、娯楽雑誌編集者の友人たちを頼り、変名で娯楽小説を書く。寺内大吉、早乙女貢、清水正二郎（胡桃沢耕史）、その他大勢の娯楽小説作家を知り、たっぷり五年余、その業界に居るが、ここでも単騎なり。この間の変名作品百本余はあろうが、保存をしないのですべて散逸。痕跡も残らず。

――昭和三十二（一九五七）年　二十八歳

四月〈薔薇〉に本名で「黄色い封筒」を発表。

――昭和三十六（一九六一）年　三十二歳

変名で売文するのが空しくなり、不意に廃業。以前から手がけてまとまらなかった物を集中的にまとめ、中央公論社の中央公論新人賞に本名で応募する。偶然、入選（題名・黒い布）。誰よりも当人が驚く。もちろん地力ともなわず、肩に力ばかり入って後続作品続かず、無為の年月が続く。十一月、〈中央公論別冊文芸特集〉に受賞第一作「水」を発表。失敗作なり。以後十年余の間、本名で発表した作品は、〈小説中央公論〉三十八年六月号「眠るなよスリーピイ」、〝キアラの会〟の雑誌〈風景〉四十年八月に短編「蒼」の二篇。変名は自粛して使わず。同年十一月、夏堀正元、井出孫六、黒井千次等と同人誌〈層〉発刊し、創刊号に「穴」、他一篇のみ。さらに、近藤信行、平岡篤頼、古井由吉等の同人誌〈白描〉にも参加。有馬頼義邸の若手作家のサロン〝石の会〟で高井有一、高橋昌男、五木寛之、佃実夫、萩原葉子、室生朝子、中山あい子、後藤明生、森内俊雄、渡辺淳一、梅谷馨一その他大勢を知る。

――昭和四十一（一九六六）年　三十七歳

〈週刊大衆〉に〝雀風子〟の名でコラム「マージャン講座」を連載。このコラムは「麻雀コンサルタント」「サラリーマン麻雀実戦訓」と名を変えて昭和四十三年まで続く。

――昭和四十三（一九六八）年　三十九歳

この頃、神経病の一種ナルコレプシー嵩じるも、医者に行かぬため本人には病名わからず。幻視幻覚甚だしく、長期入院の必要も予想せざるをえず、入院費を稼ぐつもりで、禁を破り、変名で原稿料の高い週刊誌に麻雀小説を書く。変名、阿佐田哲也。最初は〈週刊大衆〉に九週読切連載（「天和の職人」「捕鯨船の男」「ブー大九郎」「黒人兵キャブ」「赤毛のスーちゃん」「イッセイがんばれ」「まんしゅうチビ」「留置場麻雀」「ベタ六の死」）。

――昭和四十四（一九六九）年　四十歳

一月「麻雀放浪記・青春編」を〈週刊大衆〉に連載（〜六月）。「パイパンルール」を〈小説CLUB〉、八月「ちびっこバイニン譜」を〈別冊週刊大衆〉に執筆。二月、麻雀戦術書『麻雀の推理』（のち『Aクラス麻雀』と改題）を、九月『麻雀放浪記・青春編』を共に双葉社より、十二月、短編集『牌の魔術師』（前年の九編の他に、〈別冊週刊大衆〉に読切連載した麻雀小説「山谷雀ゴロ伝」「ブー大九郎の復讐」「左打ちの雀鬼」「イーペイコウの女」「ごきぶりタミイ」「〝切返し〟の寒三郎」の六編を収録）を報知新聞社より刊行。新宿区矢来の生家を出て、新宿区大久保に住む。

――昭和四十五（一九七〇）年　四十一歳

一月「末は単騎の泣き別れ」を〈別冊週刊大衆〉に執筆。「麻雀放浪記・風雲編」を〈週刊大衆〉に連載（〜六月）。「麻雀放浪記」は「青春編」一本でひっこむはずだったのが、続編を書くことになり、腹案がないまま仕事をする。同月「雀鬼五十番勝負」を〈週刊漫画アクション〉に連載（〜十二月）。〈早稲田文学〉の当時の編集長有馬頼義から声をかけられ同誌五月号に「ひとり博打」を本名で発表。同月「居眠り雀鬼」、六月「海道筋のタッグチーム」を〈別冊週刊大衆〉に執筆。九月『麻雀放浪記・風雲編』を双葉社、十二月、短編集『天和無宿』（この年に〈別冊週刊大衆〉に発表した十二編を収録）を報知新聞社より刊行。新宿区下落合に転居。この年より黒須孝子と共に暮らす。

――昭和四十六（一九七一）年　四十二歳

一月「麻雀放浪記・激闘編」を〈週刊大衆〉に連載（〜六月）。二月「南の三局一本場」を〈別冊週刊大衆〉に執筆。「九月『麻雀放浪記・激闘編』を双葉社、『麻雀師渡世』（麻雀エッセイ集）を日本文芸社より刊行。

――昭和四十七（一九七二）年　四十三歳

一月「麻雀放浪記・番外編」を〈週刊大衆〉に連載（～六月）。五月「茶木先生、雀荘に死す」を〈小説サンデー毎日〉に執筆。九月『麻雀放浪記・番外編』を双葉社より刊行。杉並区宮前に転居。

――昭和四十八（一九七三）年　四十四歳

一月「ギャンブル党狼派」（「スイギン松ちゃん」「耳の家みみ子」「シュウシャインの周坊」他二篇）を〈週刊大衆〉に連載（～六月）。十月『ギャンブル党狼派』を双葉社、十二月『ギャンブル人生論』をけいせい出版より刊行。六月、黒須孝子を入籍。

――昭和四十九（一九七四）年　四十五歳

二月、短編集『麻雀新選組』を双葉社より刊行。八月「清水港のギャンブラー」を〈週刊大衆〉に連載（～昭和五十年二月）。この頃、持病はナルコレプシーとわかり、病理まだ解明されぬため治療法わからずとのこと。それではこの状態を我が健康と思うよりほかないので、ぽつりぽつり本名を使う仕事のことを考える。まず試験的に一回二十枚ほどの短編を〈話の特集〉に五十年一月号から連載（～五十一年九月号「怪しい来客簿」）すべく準備する。一回十七枚の週刊誌連載か二十枚くらいの短編が緊張持続の限度だった。渋谷区広尾に転居。

――昭和五十（一九七五）年　四十六歳

三月『阿佐田哲也麻雀小説自選集』、五月『清水港のギャンブラー』（のち「次郎長放浪記」と改題）を双葉社より刊行。〈話の特集〉連載中の「怪しい来客簿」の他、五月「競輪円舞曲」を〈オール讀物〉に執筆。

――昭和五十一（一九七六）年　四十七歳

この年七月まで三百週、六年間にわたって〈週刊ポスト〉に「麻雀勝抜き戦」を執筆。一月「ラスヴェガス朝景」を〈小説推理〉、四月「なつかしのギャンブラー」を〈小説宝石〉、六月「東一局五十二本場」を〈週刊文春〉、「地獄の一丁目」を〈週刊小説〉に執筆。この頃、胆石の痛みを押して執筆。医者を拒否し続けたが腹と背中が帯のように腫れ、横にもなれず、ついに八月入院。手おくれで麻酔有効時間ぎりぎりの大手術。熱のため気泡が胆管に残り、胆管閉塞で黄疸ひどく、東大病院に転院。今度こそ絶望を宣告され、家族は葬式の手配までするも、十月、大手術が奇蹟的に成功、医者が驚くうちに、十二月、二十キロ痩せて退院。その日に畑正憲、清水一行たちと丸二日間の麻雀死闘をする。

――昭和五十二（一九七七）年　四十八歳

一月「麻雀必敗法」を〈週刊文春〉に執筆。四月『怪しい来客簿』を話の特集より刊行、秋に泉鏡花賞を受賞。六月「麻雀狂時代」を〈週刊大衆〉に連載（～昭和五十三年一月。阿佐田名義）。同月『首領のマージャン』（畑正憲と共著）を竹書房より刊行。八月随筆「新聞記事」を〈新潮〉、随筆「あの蒼空」を〈読売新聞〉、九月随筆「異能」を〈潮〉に執筆。十月読切連載「生家へ」を〈海〉に連載（～昭和五十四年四月。色川名義）。十一月「へんな交遊」を〈別冊ポエム・五木寛之特集〉、十二月随筆「失敗」を〈小説新潮〉、「ぐれはまちどり」（色川）を〈小説現代〉、「快晴の男」（色川）を〈Ｇｅｎ〉3号に執筆。この頃続けて、港区高輪、渋谷区渋谷、渋谷区神宮前と転々とする。

――昭和五十三(一九七八)年　四十九歳

一月随筆「半紙の占い」を〈毎日新聞〉、二月「友よ」(色川)を〈オール讀物〉、「文体についてかどうかわからない」(色川)を〈文体〉VOL6、三月「離婚」(色川)を〈別冊文藝春秋〉、四月「とんずらふねふね」(色川)を〈小説現代〉、五月「同年」(色川)を〈野性時代〉に執筆。同月「ぼうふら漂遊記」(色川)を〈小説新潮〉に連載(~昭和五十四年一月)。六月「三文おけら」(色川)を〈小説現代〉に執筆。七月「浅草葬送譜」(色川)を〈別冊文藝春秋〉に執筆。同月「ドサ健ばくち地獄」(阿佐田)を〈週刊大衆〉に連載(~十二月)。九月「すけこまえれじい」(色川)を〈小説現代〉、「四人」(色川)を〈別冊文藝春秋〉、「少女たち」(色川)を〈オール讀物〉、十月「ふくちんれでい」(色川)を〈小説現代〉、十一月「妻の嫁入り」(色川)を〈オール讀物〉、「故人」(色川)を〈別冊小説宝石〉に執筆。同月『離婚』を文藝春秋より刊行。十二月「泥ぅころばんざい」(色川)を〈小説現代〉に執筆。この年、「離婚」により第七十九回直木賞を受賞。

――昭和五十四(一九七九)年　五十歳

一月「北国麻雀急行」(阿佐田)を〈週刊文春〉、二月「泥」(色川)を〈すばる〉、「眠れ陽気に」(色川)を〈小説現代〉、三月「赤い灯」(色川)を〈別冊文藝春秋〉、「幻について」(色川)を〈別冊小説新潮〉に執筆。同月『ぼうふら漂遊記』を新潮社より刊行。四月「往きはよいよい」(色川)を〈小説現代〉、七月「善人ハム」(色川)を〈オール讀物〉、「連笑」(色川)を〈新潮〉、「お羽黒トンボ」（色川、のち「花のさかりは地下道で」に改題）を〈週刊小説〉に執筆。同月「小説阿佐田哲也」を〈野性時代〉に連載（〜十月）。同月『生家へ』（色川）を中央公論社より刊行。九月「夜明け桜」（色川）を〈野性時代〉、十月「あちゃらかぱいッ」（色川）を〈別冊文藝春秋〉に執筆。十一月『小説阿佐田哲也』を角川書店より刊行。この数年一人二役で昼夜兼行、遊ぶヒマなし。我ながら呆れかえる。練馬区豊玉南に転居。

——昭和五十五（一九八〇）年　五十一歳

一月「ヘロヘロ伍一」（色川、あちゃらかぱいッ2）を〈別冊文藝春秋〉、「未完成大三元」（阿佐田）を〈週刊文春〉、随筆「老いの第一歩」を〈毎日新聞〉、二月「岩見重太郎くん」（色川）を〈週刊小説〉、三月「二枚目病」（色川）を〈小説現代〉に執筆。四月「新麻雀放浪記・申年生まれのフレンズ」（阿佐田）を〈週刊文春〉に連載（〜十一月）。五月「聖ジェームズ病院」（色川）を〈話の特集〉、六月「暴飲暴食」（色川）を〈小説新潮〉に執筆。七月『無職無宿虫の息』を講談社より刊行。八月「走る少年」（色川）を〈オール讀物〉、「ぼくの猿ぼくの猫」（色川）を〈新潮〉に執筆。九月「ぎゃんぶる百華」（阿佐田）を〈夕刊フジ〉に連載（〜昭和五十六年八月）。十一月「喰いたい放題1」（色川）を〈饗宴〉に連載（〜昭和五十七年春号）。十二月「鍵」（色川）を〈作品〉、「五十歳記念」（色川）を〈小説新潮〉に執筆。

——昭和五十六（一九八一）年　五十二歳

一月「うめたて」（色川）を〈小説新潮〉、「名無しの恋兵衛」（色川）を〈週刊小説〉に執筆。「これがオレの麻雀」（阿佐田）を

〈週刊大衆〉に連載（〜十二月）。二月「国士無双のあがりかた」（阿佐田）を〈週刊文春〉、「星の流れに」（色川）を〈オール讀物〉、四月「百」（色川）を〈新潮〉、「ジャズ精神と映像文化」（色川）を〈国文学〉、六月「桃色木馬」を〈週刊小説〉に執筆。同月、短編集『花のさかりは地下道で』（色川）を文藝春秋より刊行。九月「ばいにんぶるーす」（阿佐田）を〈報知新聞〉に連載（〜昭和五十七年三月）。十月「夢ぼん」（色川）を〈小説宝石〉、「糸の縁」（色川）を〈小説新潮〉、十一月「今晩は幽霊です」（阿佐田）を〈週刊小説〉に執筆。この年「百」により川端康成文学賞を受賞。十月、父武夫死去。

——昭和五十七（一九八二）年　五十三歳

一月「遠景」（色川）を〈海燕〉、「心臓破り」（色川）を〈小説新潮〉、三月「虚婚」（色川）を〈別冊文藝春秋〉に執筆。五月「命から二番目に大切な唄」（色川）を〈レコードコレクター〉に連載（〜昭和六十年九月、『唄えば天国ジャズソング』）。八月「奴隷小説」（色川）を〈すばる〉、九月「雑婚」（色川）を〈別冊文藝春秋〉、「永日」（色川）を〈新潮〉に執筆。十月短編集『百』を新潮社より刊行。

——昭和五十八（一九八三）年　五十四歳

一月「虫喰仙次」（色川）を〈海燕〉、「人生は五十五から」（阿佐田）を〈週刊小説〉、二月「九段の杜」（色川）を〈海〉、「黄金の腕」（阿佐田）を〈オール讀物〉、三月「連婚」（色川）を〈別冊文藝春秋〉、「友は野末に」（色川）を〈オール讀物〉に執筆。五月「喰いたい放題2」（色川）を〈潮〉に連載（〜昭和五十九年八月）。六月「風婚」（色川）を〈別冊文藝春秋〉に執筆。

七月「ばくち打ちの子守唄」（阿佐田）を〈週刊大衆〉に連載（～十二月）。八月「うらおもて人生録」を「毎日新聞日曜版」に連載（～五十九年八月）。九月「姑」（色川）を〈月刊カドカワ〉、「前科十六犯」（阿佐田）を〈小説宝石〉、十月「蛙」（色川）を〈中央公論〉、「紙の空と描いた月」（色川）を〈別冊婦人公論〉、十二月「恐婚」（色川）を〈別冊文藝春秋〉に執筆。

――昭和五十九（一九八四）年　五十五歳

三月『恐婚』（色川）を文藝春秋より刊行。六月「先天性極楽伝」（阿佐田）を〈週刊現代〉に連載（～昭和六十年一月）。八月「大三元の家」（阿佐田）を〈野性時代〉に執筆。十月「はずれ者の旧約聖書」を〈NEXT〉に連載（～六十一年三月、『私の旧約聖書』）。十一月『喰いたい放題』（色川）を潮出版社より刊行。

――昭和六十（一九八五）年　五十六歳

一月「風と灯とけむりたち」（色川）を〈小説新潮〉、「多町の芍薬」（色川）を〈別冊文藝春秋〉、七月「へぼくれ」（色川）を〈小説新潮〉、九月「雀」（色川）を〈新潮〉、十一月「復活」（色川）を〈群像〉、「一念放棄」（色川）を〈小説新潮〉、十二月「陽は西へ」（色川）を〈文学界〉に執筆。新宿区大京町に転居。

――昭和六十一（一九八六）年　五十七歳

一月「観音」（色川）を〈新潮〉、「明日泣く」を〈週刊小説〉に執筆。「なつかしい芸人たち」（色川）をこの月より三年間〈銀座百点〉に連載。『寄席放浪記』（色川）を広済堂出版、二月『遠景・雀・復活』（色川）を福武書店より刊行。三月「ヤバ市ヤバ町雀鬼伝」（阿佐田）を〈小説現代〉に連載（～十月）。六月「右も左もぽん中ブギ」（色川）を〈小説現代〉に執筆。八月「街は気まぐれへそまがり」（色川）を〈週刊アサヒ芸能〉に連載（〜昭和六十二年七月）。十一月「卵の実」を〈オール讀物〉、十二月「新宿その闇」を〈小説新潮〉に執筆。

――昭和六十二（一九八七）年　五十八歳

一月「鳥」（色川）を〈新潮〉、「新春麻雀会」（阿佐田）を〈週刊文春〉、「おっちょこちょい」（色川）を〈週刊小説〉に執筆。「ヤバ市ヤバ町雀鬼伝2」（阿佐田）を〈小説現代〉に連載（〜八月）。同月「狂人日記」（色川）を〈海燕〉に連載（〜昭和六十三年六月）。八月「オール・ザット・ビデオ」（色川）を〈週刊大衆〉に連載（〜六十四年一月『色川武大の御家庭映画館』）。六月「路上」（色川）を〈群像〉、十月「浅草ゼロ少年」（色川、あちゃらかぱいッ3）を〈オール讀物〉に執筆。十一月『街は気まぐれへそまがり』（色川）を徳間書店より、十一月『あちゃらかぱいッ』（色川）を文藝春秋より刊行。世田谷区成城に転居。

――昭和六十三（一九八八）年　五十九歳

一月「千客万来」（色川）を〈新日本文学〉、「赤い靴」（色川）を〈オール讀物〉、「ホームスィートホーマー」（阿佐田）を〈週刊文春〉、「男の花道」（色川）を〈週刊小説〉、二月「甘い記憶」（色川）を〈小説現代〉、四月「男の十字路」（色川）を〈週刊小説〉、六月「第三の男」（色川）を〈小説新潮〉に執筆。五月『怪しい交遊録』（阿佐田）を実業之日本社より刊行。九月「青年」（色川）を〈オール讀物〉、「傷は浅いが」（色川）を〈小説新潮〉十月「疾駆」（色川）を〈群像〉、「男の旅路」（色川）を〈週刊小説〉に執筆。十月『狂人日記』（色川）を福武書店より刊行。

――平成元（一九八九）年　六十歳

一月「道路の虹」（色川）を〈海燕〉、二月「引越貧乏」（色川）を〈小説新潮〉、「オールドボーイ」（色川）を〈週刊小説〉に執筆。二月『狂人日記』により読売文学賞を受賞。三月、岩手県一関市に転居。

四月三日、一関市の自宅で心臓発作に倒れる。宮城県立瀬峰病院に入院。四月十日、午前十時三十分、逝去。死因は心臓破裂。

七月〈別冊・話の特集〉「色川武大・阿佐田哲也の特集　99人の友人たちによる別れのメッセージ」刊行される。

（この年譜は著者自筆年譜をもとに、編集部で加筆修正を施したものです）

【『色川武大・阿佐田哲也　電子全集』巻構成】

①《色川武大の神髄》『狂人日記』『怪しい来客簿』
②《麻雀放浪記　完全版》『麻雀放浪記』（青春篇・風雲篇・激闘篇・番外篇）
③《色川流人生論の極意》『うらおもて人生録』『私の旧約聖書』ほか
④《色川文学のエッセンス》『百』『遠景雀　復活』ほか
⑤《10年後のドサ健と坊や哲》『ドサ健ばくち地獄』『新麻雀放浪記』
⑥《わが心の故郷――寄席・映画・音楽》『なつかしい芸人たち』『唄えば天国ジャズソング』ほか
⑦《色川武大の原点》「黒い布」から『生家へ』まで
⑧《博打打ち不在の賭博小説》『先天性極楽伝』『ヤバ市ヤバ町雀鬼伝』
⑨《色川武大の交遊録》『街は気まぐれへソまがり』『無芸大食大睡眠』ほか
⑩《色川流〝愛憎劇〟》『離婚』『恐婚』ほか
⑪《実験的ギャンブル小説》『次郎長放浪記』ほか
⑫《色川流〝食美学〟》『三博四食五眠』ほか
⑬《色川武大　異色小説群》『小説阿佐田哲也』ほか
⑭《阿佐田哲也　前期麻雀小説》『牌の魔術師』（「天和の職人」「捕鯨船の男」「ブー

大九郎」「黒人兵キャブ」「赤毛のスーちゃん」「イッセイがんばれ」「まんしゅうチビ」「留置場麻雀」「ベタ六の死」「山谷雀ゴロ伝」「ブー大九郎の復讐」「左打ちの雀鬼」「イーペイコウの女」「ごきぶりタミイ」「〝切返し〟の寒三郎」「南の三局一本場」）『天和無宿』（「天和くずれ」「末は単騎の泣き別れ」「天国と地獄」「雀ごろブルース」「麻雀科専攻」「雀魔団始末書」「大物狙い」「雀ごろ戦争」「野やくざ集団」「居眠り雀鬼」「海道筋のタッグチーム」）『ギャンブル党狼派』（「スイギン松ちゃん」「耳の家みみ子」「シュウシャインの周坊」「ズボンで着陸」「人間競馬」）

⑮《阿佐田哲也の麻雀教室》『麻雀の推理』『雀師流転』『麻雀師渡世』『阿佐田哲也のマージャン秘密教室』

⑯《「井上志摩夫」作品群》『人斬り』『切腹』ほか

⑰《阿佐田哲也のギャンブルエッセイ》『ぎゃんぶる人生論』『ぎゃんぶる百華』『これがオレの麻雀』『ギャンブルの帝王、それが競輪』『競輪放浪記』

⑱《阿佐田哲也　異色小説群》『小説・麻雀新撰組』『麻雀狂時代』『厩舎情報』

⑲《色川武大　後期小説集》『引越貧乏』『明日泣く』ほか

⑳《阿佐田哲也　後期麻雀小説》『東一局五十二本場』（「東一局五十二本場」「麻雀必敗法」「便天小僧八之助」「雀ごろ心中」「快晴の男」「なつかしのギャンブラー」「死体が三つ靴一つ」「茶木先生、雀荘に死す」）『黄金の腕』（「黄金の腕」「未完成大三元」「北国麻雀急行」「国士無双のあがりかた」「大三元の家」「人生は五十五から」「前科十六犯」〔色川武大〕「夢ぼん」〔色川

武大〉）『外伝・麻雀放浪記』（「麻雀科専攻」「ドサ健の麻雀・わが斗争」「不死身のリサ」「放銃しない女」「天国のブルーデイ」「バカツキぶるーす」「二四六麻雀」「ラスヴェガス朝景」「ひとり博打」〈色川武大〉）

㉑《阿佐田哲也　単行本未収録作品》「雀鬼五十番勝負」「ああ勝負師」「天和をつくれ」「パイパンルール」「ちびっこバイニン譜」「競輪円舞曲」「地獄の一丁目」「新春麻雀会」「ホームスィートホーマー」「008は彼氏の番号」／「週刊ポスト」有名人勝ち抜き麻雀大会　一九七五年全四十九回分

㉒《阿佐田哲也の異色企画》『競輪教科書』

㉓《色川武大・阿佐田哲也の対談・座談》単行本・全集未収録エッセイ／対談・座談／色川孝子『宿六・色川武大』

【執筆者一覧】

大原富枝（おおはら　とみえ）
一九一二〜二〇〇〇年。作家。代表作に『ストマイつんぼ』『婉という女』など。

長部日出雄（おさべ　ひでお）
一九三四〜二〇一八年。作家。代表作に『津軽じょんがら節』『桜桃とキリスト』など。

種村季弘（たねむら　すえひろ）
一九三三〜二〇〇四年。評論家。代表作に『ビンゲンのヒルデガルトの世界』ほか。

田中小実昌（たなか　こみまさ）
一九二五〜二〇〇〇年。作家。代表作に『ポロポロ』『アメン父』など。

中山あい子（なかやま　あいこ）
一九二三〜二〇〇〇年。作家。代表作に『優しい女』『幻の娼婦たち』など。

柳橋史（やなぎばし　ふみ）
一九三四〜二〇一〇年。編集者。作家。柳史一郎、本堂淳一郎名で著書多数。

畑正憲（はた　まさのり）
一九三五年〜　作家。代表作に『われら動物みな兄弟』『ムツゴロウの博物志』など。

福地泡介（ふくち　ほうすけ）
一九三七〜一九九五年。漫画家。代表作に『ホースケ君』『ドーモ君』など。

山田洋次（やまだ　ようじ）
一九三一年〜　映画監督。代表作に『男

はつらいよ』『幸福の黄色いハンカチ』など。

野口久光（のぐち　ひさみつ）
一九〇九〜一九九四年。ジャズ・映画評論家。グラフィック・デザイナー。

夏堀正元（なつぼり　まさもと）
一九二五〜一九九九年。作家。代表作に『罠』『風来の人』『渦の真空』など。

荻野いずみ（おぎの　いずみ）
＊不明。本書をご覧になり、ご連絡先に心当たりの方は弊社までご連絡ください。

山田風太郎（やまだ　ふうたろう）
一九二二〜二〇〇一年。作家。代表作に『くノ一忍法帖』『戦中派不戦日記』など。

高橋治（たかはし　おさむ）
一九二九〜二〇一五年。作家。代表作に『秘伝』『名もなき道を』『星の衣』など。

笠原淳（かさはら　じゅん）
一九三六〜二〇一五年。作家。代表作に『杢二の世界』『浮巣』『黄土の夢』など。

奥野健男（おくの　たけお）
一九二六〜一九九七年。文芸評論家。代表作に『太宰治論』『三島由紀夫伝説』など。

高井有一（たかい　ゆういち）
一九三二〜二〇一六年。作家。代表作に『北の河』『この国の空』『夜の蟻』など。

立松和平（たてまつ　わへい）
一九四七〜二〇一〇年。作家。代表作に

『遠雷』『歓喜の市』『道元禅師』など。

都筑道夫（つづき　みちお）
一九二九～二〇〇三年。作家。代表作に『なめくじ長屋』『推理作家の出来るまで』など。

黒川博行（くろかわ　ひろゆき）
一九四九年～　作家。代表作に『キャッツアイころがった』『破門』など。

田久保英夫（たくぼ　ひでお）
一九二八～二〇〇一年。作家。代表作に『深い河』『触媒』『海図』など。

吉行和子（よしゆき　かずこ）
一九三五年～　女優。エッセイスト。代表作に『どこまで演れば気がすむの』など。

小林信彦（こばやし　のぶひこ）
一九三二年～　作家。代表作に『オヨヨ島の冒険』『唐獅子株式会社』など。

秋野不矩（あきの　ふく）
一九〇八～二〇〇一年。日本画家。代表作に『インド女性』『残雪』『廻廊』など。

小林恭二（こばやし　きょうじ）
一九五七年～　作家。代表作に『電話男』『半島記・群島記』『カブキの日』など。

江中直紀（えなか　なおき）
一九四九～二〇一一年。仏文学者。代表作に『ヌーボー・ロマンと日本文学』など。

山際素男（やまぎわ　もとお）
一九二九～二〇〇九年。インド文学者。代

表作に『マハーバーラタ』『破天』など。

小田三月（おだ　みつき）
一九三一年～　作家。代表作に『三笠山の月』『美について考える』など。

津島佑子（つしま　ゆうこ）
一九四七～二〇一六年。作家。代表作に『寵児』『草の臥所』『火の山―山猿記』など。

佐伯一麦（さえき　かずみ）
一九五九年～　作家。代表作に『ショート・サーキット』『鉄塔家族』『渡良瀬』など。

井上ひさし（いのうえ　ひさし）
一九三四～二〇一〇年。作家。代表作に『手鎖心中』『吉里吉里人』『腹鼓記』など。

立川談志（たてかわ　だんし）
一九三六～二〇一一年。落語家。落語立川流家元。著書に『談志楽屋噺』など。

伊集院静（いじゅういん　しずか）
一九五〇年～　作家。代表作に『乳房』『受け月』『いねむり先生』など。

本書は『色川武大　阿佐田哲也全集』全十六巻（一九九一〜九三年福武書店刊）の月報および解題の一部をまとめたものです。

＊本書所収の著者・荻野いずみ氏ご本人、および氏の連絡先にお心当たりのある方は、ぜひ弊社までご連絡ください。

田畑書店

色川武大《いろかわたけひろ》という生《い》き方《かた》

2021年3月20日　第1刷印刷
2021年3月28日　第1刷発行

田畑書店編集部 編

発行人　大槻慎二
発行所　株式会社 田畑書店
〒102-0074　東京都千代田区九段南3-2-2　森ビル5階
tel03-6272-5718　fax03-3261-2263

本文組版　田畑書店デザイン室
印刷・製本　モリモト印刷株式会社

Printed in Japan
ISBN978-4-8038-0381-5 C0095
定価はカバーに印刷してあります。
落丁・乱丁本はお取り替えいたします。